कुछ रंग थे ख़्वाबों के

कुछ रंग थे ख़्वाबों के

नासिरा शर्मा

वाणी प्रकाशन

प्रकाशन के उत्कृष्टतम 61 वर्ष

vaniprakashan.com

सजिल्द पहला संस्करण : 2024

वाणी प्रकाशन

4695, 21-ए, दरियागंज, नयी दिल्ली-110 002

फ़ोन : +91 11 23273167, 23275710

शाखाएँ

अशोक राजपथ, पटना-800 004, बिहार

कॉफ़ी हाउस कैम्पस, महात्मा गांधी मार्ग, प्रयागराज-211 001, उत्तर प्रदेश

महात्मा गांधी अन्तरराष्ट्रीय हिन्दी विश्वविद्यालय, वर्धा-442 001, महाराष्ट्र

36/ए, शेक्सपियर सरणी, रानी बिरला गर्ल्स कॉलेज के पास, कोलकाता-700 017, प. बंगाल

sales@vaniprakashan.in
vaniprakashan@gmail.com

Kuchh Rang The Khwabon Ke
by Nasera Sharma

ISBN : 978-93-5775-161-2
Novel

मूल्य : 495

आर. टेक ऑफ़सेट प्रिंटर्स, दिल्ली-110 032 में मुद्रित

वाणी प्रकाशन का लोगो मक़बूल फ़िदा हुसेन की कूची से

क्रान्ति और युद्ध में खो गये
अपने मित्रों के नाम

अपनी बात

मैंने ईरान की क्रान्ति और उस समय हो रही विश्व राजनीति एवं स्वयं ईरान में हो रही वैचारिक टकराहटों पर लेख, रिपोर्ताज आदि लिखे। उस समय सियासत किस तरह ईरान में हाहाकार मचाये थी, उससे उपजी मानवीय त्रासदियों और जंग से तबाह अवाम भी एक हक़ीक़त थे। उसी हक़ीक़त पर मेरा यह उपन्यास है। एक देश युद्ध में फँस कर क्या कुछ खोता है, उसका ख़मियाज़ा वहाँ की जनता को किस रूप में झेलना पड़ता है, उसका बयान मेरे उपन्यास 'कुछ रंग थे ख़्वाबों के' में आप पढ़ पायेंगे। यह उपन्यास केवल ईरान तक सीमित नहीं है, बल्कि हर उस देश का सच है, जहाँ डिजिटल हथियारों से जंग लड़ी जा रही है, जो ज़मीनी लड़ाई से कहीं ज़्याद ख़तरनाक होती है, जिसके नतीजे आने वाली पीढ़ियों को कई तरह से भुगतने पड़ते हैं। टूटी इमारतें और तबाह मोहल्ले बस जाते हैं, मगर इन्सान के रूप में जो छूटा वह नहीं मिलता। सुरभि और सायरस की तरह जाने कितनों के सपने बारूद मिली मिट्टी में दफ़न हो जाते हैं।

जो लोग समस्याओं को संवाद से हल न कर सीधे जंग की बातें करते हैं, वे दरअसल दलाल हैं, उस हथियार बाज़ार के जहाँ नित्य नये हथियारों का आविष्कार हो रहा है। युद्ध विराम के बाद फिर कोई देश बचे हुए हथियार की खपत के लिए ढूँढ़ा जाता है। राजनेता अपने खेल से कभी उकताते नहीं। जिन्हें हम वोट देते हैं, वहीं हमारी सुरक्षा की जगह जंग छेड़ देते हैं। दूसरे की ज़मीन पर क़ब्ज़ा करने के लिए या फिर उन्हें मुँहतोड़ जवाब

देने के लिए और इस रणनीति को हम देश प्रेम, देश कर्तव्य के खाते में डाल देते हैं। जो हर आम आदमी की कमज़ोरी होती है, जिसका फ़ायदा सियासत उठाती है। कभी-कभी महसूस होता है कि बारूद की इस बारिश में कहीं ऐसा न हो जाये कि कल हमें मिट्टी की जगह बारूद-ही-बारूद नज़र आये।

आशा करती हूँ, पाठकों को ईरान पर लिखा मेरा यह दूसरा उपन्यास निराश नहीं करेगा और वर्तमान समय के महत्त्वपूर्ण सवालों की तरफ़ ध्यान खींचकर आपको ज़िम्मेदारी का अहसास दिलायेगा।

यह उपन्यास 2 मई, 2012 को शाम 6.30 बजे लिखकर समाप्त किया गया था। वह भी सीमा शफ़क़ के ख़ुलूस भरे इसरार से कि मैं 'अजनबी जज़ीरा' की तरह एक उपन्यास ईरान पर भी लिखूँ और यह उपन्यास लिखवाने के लिए उसे विशेष धन्यवाद। अब यह उपन्यास 12 साल बाद छपने जा रहा है, उसके लिए मैं अशोक तिवारी, प्रशान्त सिन्हा और नीलिमा शर्मा का शुक्रिया अदा करती हूँ।

धन्यवाद

–नासिरा शर्मा

डी-37/754, छत्तरपुर हिल्स,
नयी दिल्ली-110074

हवाई जहाज़ जैसे ही हवाई अड्डे पर रुका सुरभि के दिल की धड़कन तेज़ हो गयी। सीढ़ियों से उतरते हुए नर्म हवाओं ने उसके गालों को चूमा और चमकीले गहरे अखरोटी बाल को अपने साथ उड़ा कर फिर उसके चेहरे पर बिखेर दिया तो वह मुस्कुरा पड़ी। पर्स खोल उसने स्कार्फ निकाला और बस पर चढ़ते हुए अपने बालों को कसा।

ढलते सूरज की रोशनी एक तरह की उदासी में बदल रही थी। उसने काउंटर पर टिकट और पासपोर्ट रख पूरे एतमाद से दिल ही दिल में दोहराया–

"मैं तेहरान की सरज़मीन पर पैर रख चुकी हूँ। अब सायरस से मुलाक़ात होना यक़ीनन है। बड़े-बड़े कत्थई मिश्रित काले बाल, मोटी बड़ी-बड़ी काली आँखें और उस पर घनी भौंहें, वैसी भौंहें तेहरान क्या पूरी दुनिया में बहुत कम इन्सानों की होगी। उसे ढूँढ़ लेना कोई मुश्किल काम नहीं।" उसने सर झटका और अटैची पहचानने के लिए आगे बढ़ी। उसके बदन और चाल की फुर्ती बता रही थी कि वह उत्तेजित है।

वह सामान को ट्रॉली में डाल, बीच में रुकी और सामने फ़ोन डेस्क देखकर उसने पर्स से नन्ही-सी डायरी निकाल कई फ़ोन मिलाये, किसी ने फ़ोन नहीं उठाया तो उसने कन्धे उचका कर डायरी पर्स के हवाले कर उसे कन्धे पर किसी सैलानी की तरह डाल, मगन-सी आगे बढ़ी और दिल-ही-दिल में सोच कर मुस्कुरा पड़ी।

"इस तरह किसी को ढूँढ़ने निकलते हैं कि पास में सिर्फ़ मुल्क का नाम ज़हन में यादों का एलबम और दिल में गहरी ललक..."।

भीड़ दरवाज़े से बाहर निकल रही थी। वह भी पीछे हो ली। माहौल पहले वाला नहीं था, मगर उसका एतमाद बहाल था। वह पहले की तरह इस बार भी उसे ढूँढ़ निकालेगी। वह एक कामयाब ग़ोताख़ोर न भी हो तो क्या इन्सान को पहचानने की समझ रखती है। ठीक क्रान्ति के बाद वह इसी तरह भटकी-भटकी-सी तेहरान पहुँची थी, जब हर चीज़ उलट-पलट चुकी थी। पुराने पते बदल चुके थे तो भी उसने उसे ढूँढ़ निकाला। उसकी इसी पहचान के चलते...उसकी सोच को झटका-सा लगा।

इस बार...इस बार तो सड़कें, इमारतें अपनी शक्ल बदल चुकी हैं। गोलियों के घाव भर चुके हैं। उनकी जगह चमचमाती हर चीज़ है। उसने टैक्सी पर बैठते हुए आसपास की इमारतों की शक्लें देख, सोचा और गहरी साँस भरी।

"आपके पास कोई ख़ास पता है या किसी होटल में जाना है?" टैक्सी वाले ने अपनी तजुर्बेकार आँखों से घूरा।

"होटल आर्या" उसने जवाब दिया।

"होटल आर्या? ऐसा कोई होटल अब यहाँ नहीं है। पता है, आपके पास?" ड्राइवर ने ताज्जुब से पूछा, "शाहेरज़ा पर..." उसके मुँह से निकला फिर उसने डायरी पर्स से निकाली। "ठहरिए ...बताती हूँ" मगर उसके ज़हन में कोई नया नाम नहीं उभरा तो उसने हथियार डाल दिये। "कोई साफ़ सुथरा, ठीक-ठाक क़ीमत वाला होटल ठीक रहेगा।" उसने हल्की झुँझलाहट से ड्राइवर से कहा जिसके चेहरे पर कटाक्ष-भरी मुस्कान थी। जो आलूबालू (खट्टा फल) का मज़ा याद दिला रही थी!

"आपके साथ कोई और नहीं, तन्हा है?" ड्राइवर ने परेशान होकर पूछा।

"पत्रकार ज़्यादातर अकेले ही रिपोर्टिंग करने निकलते हैं।" इस बार वह बातूनी टैक्सी वाले को बोर करने के लिए हँस पड़ी।

"मैं आपको बहुत आरामदेह होटल 'इंक़लाब' में ले चलता हूँ।" ड्राइवर का लहजा अब बदल चुका था। टैक्सी सड़क पर

फिसल रही थी। उसका ज़हन उससे भी ज़्यादा तेज़ी से भाग रहा था। पुरानी रील खुल चुकी थी। आज से लगभग चन्द साल पहले वह प्रधानमन्त्री का इंटरव्यू लेने आयी थी। इस्लामिक गणतन्त्र का पहला प्रधानमन्त्री। उसने कुछ सवाल बना रखे थे मगर कुछ ऐसे सवाल उसे चाहिए थे जो सीधे अवाम के दिलों से निकलते हैं। इस ख़्याल से उसने अमेरिकन उच्चारण में बोलने वाले ड्राइवर से पूछा, "क्रान्ति के बाद नयी सरकार से कितना ख़ुश हैं लोग?"

"बहुत ज़्यादा! 'इंक़लाब के दुश्मन सितारे सुर्ख़ (कम्युनिस्ट) और मुनाफकिनों (मुजाहिदी-ए-खल्क) से देश पाक कर दिया गया और हम ख़ुश हैं।"

"बेकारी, महँगाई?

"सब ठीक हो रहा है। हम अमेरिका को बताना चाहते हैं कि हम अब सियासी ग़ुलाम नहीं हैं। लड़ना जानते हैं।" उसने बड़े विश्वास से कहा। सुरभि की नज़र बोनेट पर गयी। जहाँ इमाम खुमैनी की तस्वीर लगी थी। आईने पर बेहद सुन्दर तस्वीर झूल रही थी। उससे अन्दाज़ा लग गया कि वह अपने समय का वह सच बताने से रहा जो गहरे कहीं सबको तो नहीं, मगर कुछ लोगों के सीने में टीस बनकर ठहर गया होगा। उसे अचानक अपनी इससे पहले की यात्रा याद आयी, जब क्रान्ति के साथ गृहयुद्ध जैसा माहौल था जिसमें सब एक दूसरे से बिछड़ चुके थे। ऐसी बदहवासी में उसने उसे ढूँढ़ निकाला था। उसके पत्रकार ईरानी साथी ने उसका फ़ोन नम्बर देकर कहा था कि वह भटक रहा है और अपनी सितारे सुर्ख़ वाली साम्यवादी पहचान के चलते अहतियात बरतता है जिसके कारण उसका सही पता देना मेरे लिए मुश्किल है। शायद इस फ़ोन से कुछ सुराग़ मिल सके।

उसे यह सुराग भी आसानी से नहीं मिला था। कोई किसी का हवाला देता तो वहाँ पहुँच वह किसी और से पूछ कर बताने को कहता। शाही तख़्ता पलट ईरानियों के लिए किसी भूकम्प से कम नहीं साबित हुआ था। ऊपर से कई पर्तों का षड्यन्त्र, देसी

और विदेशी दोनों। उस समय सोचा जा रहा था कि साम्यवादी सत्ता में आयेंगे मगर आये मुल्ला! उसे याद आ रहा था कि उसने फ़ोन उठा हैरत से कहा था? "सुरभि ख़ानम! आप यहाँ! आप ही हैं न?" "हाँ, मैं हूँ।" उसने हँस कर जवाब दिया फिर सायरस से फ़ौरन मिलने को कहा था। उस दोपहर पार्के फरहा के सामने हम सड़क पर मिले थे। उसने घर का पता दिया था। मैं शाम को उसकी बरसाती में पहुँची थी मगर वहाँ ताला लगा था। निराश हो जब मैं लौट रही थी, तब वह जूस की दुकान पर गाजर का शरबत पीता नज़र आया जो उसकी आँखों के लिए बहुत ज़रूरी था। तेज़ी से बढ़ते आँखों के नम्बर से वह परेशान था मगर लिखना, पढ़ना छोड़ना बहुत मुश्किल था। उस बार वह तीन सप्ताह तेरहान में ठहरी थी। प्रधानमन्त्री के उसके इंटरव्यू को बहुत पसन्द किया गया और वह न चाहने के बावजूद, दूसरे कई पत्रकरों की तरह सुरभि वहाँ के मामलों में उलझती चली गयी। इंटरव्यू, रिपोर्टिंग आदि।

उसे याद आया। उसका छोटा-सा कमरा किताबों से भरा था। मार्क्सवादी साहित्य, विवेचना व्याख्या, सभी कुछ फ़ारसी में अनूदित, जिनके बीच कुछ अंग्रेज़ी की किताबें, उपन्यास, कविता और डॉ. शरियती की इस्लाम दर्शन पर पुस्तकें वग़ैरह। बीच में गोल मेज़ जो दोस्तों के बैठने और खाने-पीने, बहस के वक़्त घेरे में बैठने के काम आती थी। एक तरफ़ पलंग और उसके सामने स्टडी टेबल, जिस पर रखा लैम्प और कैपिटल की मोटी मोटी जिल्दें और अधूरे लेख पर रखा खुला पेन और चश्मा।

"सायरस कहाँ होगा अब?"

वह यादों से निकल वर्तमान में आयी और लम्बी साँस खींच मन-ही-मन बोली "तब की बात कुछ और थी, मगर अब उस बात को गुज़रे कई साल गुज़र चुके हैं मगर इस बीच कभी न वह ज़हन से ख़ारिज हुआ न लेखन के केन्द्र से, इस बीच उसने दोस्तों, फेमिली फ्रेंड्स सभी से उसकी ख़ैरियत मालूम की थी मगर

कुछ पता न चला और जब फिर से चुनाव की रिपोर्टिंग की बात उठी तो उसने जाने की इच्छा प्रकट की थी।

दोस्तों ने मना किया था। उधर, जाना ख़तरे को दावत देना है, मगर उसके दिल ने कहा कि रिपोर्टिंग तो महज़ बहाना है असली मुद्दा तो उसे ढूँढ़ना, मिलना और जी भर कर बातें करना है। इसीलिए वह दो रोज़ पहले आयी थी ताकि पूरा वक़्त उसकी खोज-ख़बर में लगा दे। तब की बात और थी। तब ईरान अपने पहले रंगरूप से निकल नहीं पाया था, सिवाय कुछ इलाक़ों के कुछ घरों की दीवारें, जो गोलियों से बिधी वास्तुकला का नमूना बनी हुई थीं। वह मिला था, मगर इस बार इतने वर्षों बाद यहाँ तो दर व दीवार ही बदल चुके हैं। शहयाद की दीवारों पर लिखे नारे घुल चुके हैं। एकाएक टैक्सी रुकी तो वह चौंकी।

उसने टैक्सी से उतर गहरी साँस भरी। वह महक इस शहर की जो वह नथुनों में भरकर ले गयी थी, उसे महसूस नहीं हुई। चिनार के दरख़्त अलबत्ता पंक्तिबद्ध से किसी पहरेदार की तरह ख़ामोश खड़े थे। जिनकी जड़ों से अलबुर्ज़ की बर्फ़ का पिघला शफ़्फ़ाफ़ ठण्डा पानी बह रहा था!

होटल ठीक था, मगर रात बड़ी बेचैन गुज़री। उसकी जान-पहचान वाले गली-कूचे न पहले वाले थे, न उनके नाम और पते। चेहरे बदल चुके थे। रहन-सहन का तरीक़ा और मिलने-जुलने का वह अन्दाज़ कहीं खो चुका था जिसकी उसे आदत पड़ चुकी थी। बार-बार यादों में उन्हीं बातों को दोहराते-दोहराते, इसके बावजूद ज़हन में आज भी रोशन था पुराना नक़्शा। नक़्शे में वह गली, गली में वह इमारत और इमारत की बरसाती पर वह कमरा। पुरानी यादों में खोयी-खोयी आख़िर उसे नींद आ गयी।

सुबह जब आँख खुली तब वह नये और पुराने ईरान के बीच अपने को खड़ा पा रही थी। उसका कोई भी जानने वाला न फ़ोन

उठा रहा था, न अपने पुराने पते पर था। सबको जंग निगल गयी या फिर वे अपाहिज होकर दर्दनाक ज़िन्दगी गुजार रहे थे। उसने बाहर जाने का मन बनाया, ताकि वह दूसरी सत्ता के बदलाव को देख सके। उसके ब्रिटिश दोस्त ने ईरान से लौटकर लिखा था, 'पेनगुइंस का शहर तेहरान' उस लेख पर पत्रकार को बहुत गालियाँ सुननी पड़ी थीं। अब सुनहरे बालों व मिनी स्कर्ट पहने लड़कियाँ हँसती हुई सड़क पर नहीं दिखीं, बल्कि गम्भीर मुद्रा में काले हिजाब में लड़कियाँ और औरतें नज़र आयीं। मर्द भी सूटेड-बूटेड कम नज़र आये, मगर तेहरान शहर उसे इमामखुमैनी व शहीदों के पोस्टरों से सजा नजर आया। एयरपोर्ट से लेकर होटल तक की दूरी में एक ख़ामोश उदासी महसूस ज़रूर हुई। नाश्ते के बाद वह बाहर निकली। धूप खिली थी। वह कुछ दूर तक पैदल चली फिर उसने टैक्सी ली और बैठते ही ड्राइवर से कहा कि मैं तेहरान घूमना चाहती हूँ।"

''आप मेहमान हैं हमारी, हम आपको घुमायेंगे। मगर यूँ तो हम सड़क-दर-सड़क कब तक चलते रहेंगे...?" बूढ़े ड्राइवर ने दो-तीन घण्टे की लम्बी भटकन के बाद कह ही दिया। अब सुरभि का एतमाद हिल चुका था।

"दिल की यह दीवानगी इसे अपने देखे हुए शहर में किसी अजनबी की तरह भटका न दे!"

उसने गहरी साँस भरी और होटल वापस चलने को कहा। एक बार दिल चाहा कि पूछे, क्या उसने मोटी भौंहों और लम्बे बालों वाले किसी शख़्स को देखा है? क्या वह कभी आपकी टैक्सी में सवार हुआ है? इस पर्देदार माहौल में वह भी ग़ैर मर्द के बारे में पूछना मुनासिब होगा? सुरभि ख़ुद अपनी बेवक़ूफ़ी पर शर्मसार हो उठी कि लोग उसे दीवाना समझेंगे।

एक सर्द आह खींच कर वह रह गयी।

अगर किसी ने पूछ लिया कि वह तुम्हारा लगता क्या था? उसके पास क्या जवाब होगा, कुलीग, दोस्त, आशना, हम ख़्याल...यही तो था उनके बीच का सच।

इतना कुछ होने के बीच उस शख़्स का पता पास में नहीं? क्या यह हैरत की बात नहीं?

कोई सिर्फ़ मुल्क के नाम, यादों के सहारे, दिल व दिमाग़ की लगातार दस्तकों के बाद यूँ मुँह उठाकर चला आता है? पास में कोई तस्वीर भी नहीं?

सिर्फ़ यादें...

उसने पर्स से बड़ा नोट माफ़ी और शुक्रिया के साथ झुँझलाये से ड्राइवर को थमाया जो मीटर बिल से कई गुना .ज्यादा था, सिर्फ़ इसलिए कि आगे वह कुछ न कहे। उसकी तरह जाने कितने अहमक लोग इस दुनिया में होते हैं जो इसी तरह रिश्ते जीते हैं। उनके रिश्ते बनते भी इसी तरह हैं और खोकर फिर आन मिलते हैं एक इत्तफ़ाक़ की तरह...

उसे इत्तफ़ाक़ पर भरोसा है, क्योंकि इत्तफ़ाक़ से ही तो उससे मुलाक़ात हुई थी। इस सच्चाई से वह मुकर तो नहीं सकती है। इत्तफ़ाक़...इत्तफ़ाक़!

दिमाग़ फिर पुरानी यादों में भटक गया। होटल के कमरे में पहुँच उसने रूम सर्विस का नम्बर डायल किया और चाय व सैंडविच का आर्डर दिया। इंटरनेशनल कॉन्फ्रेंस जहाँ भाँति-भाँति के लोग, स्कॉलर, स्टूडेंट मर्द औरतें जमा थे, वहाँ भीड़-ही-भीड़ थी। उसमें किसी ने साथ लंच करने को कहा तो वह चल पड़ी। सभी किसी-न-किसी के साथ बात कर रहे थे। चाय, कॉफ़ी पी रहे थे। तभी वह आया और एकाएक उस स्कॉलर से उसने अलग जाकर कुछ कहा और फिर मेरे पास आकर बोला, "सावधान रहें, यह आपके लिए नयी जगह है। जहाँ हर आदमी दानिशमन्द और सादा नहीं है!"

मेरे लिए यह बिल्कुल नया अनुभव था मगर कहती क्या? शायद यही कि जनाब आप हैं कौन? आपको मैं कैसे और कितना जानती हूँ? और आपने क्या मुझे अहमक समझा है? मैं पत्रकार हूँ घाट-घाट का पानी पी रखा है रिपोर्टिंग के लिए आयी हूँ।" सत्र शुरू हो गया था।

तब भीड़ में हम सारे पत्रकार कैमरा ले बिखर गये।

मेरी रिपोर्टिंग जा चुकी थी। इसलिए मैं अपने को हल्का और आज़ाद महसूस कर रही थी। शहर घूमना चाहती थी ख़ास कर नीली काशीकारी के हुस्न को नज़रों में भरना चाहती थी जिसने मुझे टर्की में अपना दीवाना बना लिया था। वही रंग यहाँ भी मौजूद था।

हमें कुछ शहरों में घुमाने का कार्यक्रम उन्होंने रखा था जिसके चलते हम इस्फहान का मैदान-ए-शाह, महल, मस्जिदें एक तरफ़ तो दूसरी तरफ़ कुरूशे बुजुर्ग के दौर के खण्डरात, परसी पुलिस का भव्य महल का विस्तार, ऊपर खुला असीमित आसमान और क्षितिज पर डूबता सूरज और उसकी सुनहरी गुलाबी किरणें।

जब मैं शहर-दर-शहर ईरान के हुस्न में डूब, सौन्दर्यबोध का एक नया मानक गढ़ रही थी, तब वही शख़्स एक मशहूर पेपर के सम्पादक के घर रात के खाने पर मिला और पता चला कि वह एक संवेदनशील कवि है और भारत-ईरान सम्बन्ध पर उसका गहरा अध्ययन और रुचि है। उसने ऋग्वेद के बारे में इतनी तफसील से बातें कीं, जो मेरे लिए नयी थीं। वेदों से तो दूर मुझे तो इंडो-ईरान सम्बन्ध के बारे में कुछ पता न था। मैंने, उसके मोटे फ्रेम के भारी शीशों के पीछे से उसकी काली गहरी आँखें देखी थीं जो उसकी पूरी शख़्सियत के साथ मेल नहीं खाती थीं। उनमें शताब्दियों के रतजगाओं की दास्तानें और क़िस्से थे! ऐसी गहरी थकान जो सदियों के ख़्वाबों की ताबीरें, जिनकी तहरीरे किसी आर्काइव में रखी ख़स्ताहाल पाण्डुलिपियों के ज्ञान से ज़्यादा

नाकामियों से लबरेज थीं। उन्हें झेलना अपने को जले काग़ज़ में बदलना था, क्योंकि वहाँ इल्म की तपिश-ही-तपिश थी! अजीब तरह की हरारत!

मैं वाक़ई सिहर गयी थी!

वह हँस पड़ा था।

"किस बात से इतनी ख़ौफ़ज़दा हो उठी, ख़ानम गुल!" वह हँसा था! उसने मेरे नाम का फ़ारसी करण कर दिया था?

"कुछ नहीं।" मैं मुस्कुरायी और दूसरे पल वह अपने ऊपर क़ाबू पा चुकी थी।

एक सप्ताह घूमने-मिलने में इस तरह गुज़र गया कि लगा अभी तो तेहरान आये थे और अब जाने की पैकिंग होने लगी।

मुझे याद है हमारे बीच पूरे दो साल ख़तो किताबत चलती रही। उसे बहुत-सी किताबों की ज़रूरत होती जो मैं उसे भेजती रहती थी फिर उसके ख़त धीरे-धीरे करके आने बन्द हो गये।

एकाएक उसकी बहन अन्दलीप का ख़त मिला कि वह छुपता-छुपाता यहाँ से वहाँ फिर रहा है, मगर ख़ैरियत से है। मैंने इत्मीनान की साँस ली और उससे मिलने का मौक़ा तलाश करने लगी। उसे ढूँढ़ना मुश्किल न था। इन्सानी रिश्तों की सुगन्ध को सूँघने की जितनी मुझ में, उससे ज़्यादा उसमें शक्ति थी। उसकी गन्ध के सहारे मैं उस तक पहुँच सकती थी! करोड़ों चेहरों के बीच उसे पहचान सकती थी और पहचाना भी था।

जंग, ज़लज़ला और ज़मींदोज़ संघर्ष का प्रतिशोध भरे वातावरण में हमारा मिलना, उस कमरे में रहना, वह भी विदेशी पत्रकार के साथ? मैं एक ग़ैरमुल्क की थी। हज़ार फ़साद किसी स्थानीय शख़्स के लिए पैदा हो सकते थे, मगर उसे शिकवा था कि ईरान की क्रान्ति के बारे में अफ़वाह और बकवास छप रही है। लेकिन कोई सच्ची तस्वीर दुनिया वालों के सामने ला सके

कि ईरान का कैसा शोषण महान शक्तियों ने किया और ऐसे ही जुनूनी कैफियत में मुझे एक दिन वह घर ले गया और अपने परिवार से मिलवाया। परिवार के सभी सदस्य हिन्दुस्तान के दीवाने थे। शेरोअदब के दिल दादा थे और उसके बाबा बिल्कुल उसी तरह के थे। भारी भौंहें मगर उनकी आँखों में वह जज़्बात नहीं थे। होंठों पर बड़ी-बड़ी मूँछें जो उसके पास नहीं थीं।

उस शाम अजीब घटना घटी थी!

बहन ने मेरी गर्दन में सोने की नाज़ुक ज़ंजीर डाल कर कहा था, "हमारी माँ का नाम मरियम है।"

उस तोहफे को ग़ौर से देखा तो पता चला ज़ंजीर में पड़े लॉकेट पर मरियम माँ की तस्वीर बनी थी। कुँवारी माँ!

उस बेटे की माँ जो मुर्दों को जिलाने वाला माना जाता है।

ईरान में इस तरह की अठारह कैरेट गोल्ड की ज़ंजीर देना आम बात थी।

खाने से पहले बड़ी बहन ने माँ की भूमिका निभायी और पैग़ाम दिया। सुनकर मैं चौंक गयी।

वह मुझसे शादी का ख़्वास्तग़ार था। यही शब्द 'ख़्वास्तग़ार' बोला था यानी इच्छा रखता था। मैं दमबखुद थी। अमित का चेहरा सामने था जिससे मेरी सगाई की बात चल रही थी फिर तय हुआ कि मँगनी की जगह ईरान की यात्रा से लौट सीधे विवाह करना है...

इसी पच्चीस तारीख़ को मेरा विवाह है शायद कार्ड छप चुके होंगे। अजीब-सी गुदगुदाहट-सी मेरे सारे वजूद पर छा गयी। अपने क़हक़हों पर रोक लगा मैंने धीमे से कहा—

"अफ़सोस, मैं ख़ुशक़िस्मत बनते-बनते रह गयी। मेरी शादी तय हो गयी।"

कुछ देर तक ख़ामोशी छायी रही फिर बहन ने एकाएक कहा, "क्या मँगनी टूट नहीं सकती?" उसकी आँखों में अजीब चमक उभरी।

''नहीं, मुमकिन नहीं है।'' मैंने गम्भीरता से कहा।

''वाय, दीर शुद, मुतासिफाने" बहन ने अजीब नज़रों से सायरस की तरफ़ देखा। इस देर हो जाने के अफ़सोस में उसके चेहरे का रंग बदला फिर सहज हो उठा। एक हँसी, वही पहले वाली हँसी की तरह जैसे सच का मज़ाक़ उड़ाना चाहता हो या फिर ख़ुद पर हँसना चाह रहा हो।

उस शाम ने हमारा सम्बन्ध न सामाजिक, न भावनात्मक जोड़ा था मगर इन्सानी रिश्ते की बेहद गहरी बुनियाद डाल दी थी। इंडो-इरानियन प्राचीन तारीख़ी सम्बन्धों की तरह हमारा उस परिवार से गठबन्धन हो गया और हम एक चने की दो दाल बन गये थे।

उस दिन उसके परिवार वालों के मुँह से उसकी शख़्सियत के कई पन्ने खुले।

उसका अरमान था कि वह किसी हिन्दी लड़की से शादी करे, उसने कम रोशनी में पढ़-पढ़कर अपनी आँखों को ख़ासा नुक़सान पहुँचाया है। वह शाही हुकूमत से नफ़रत करता है वग़ैरह-वग़ैरह। मेरी नज़रों के सामने भारत स्वतन्त्रता संग्राम का सारा इतिहास धड़क उठा।

"आह...ये यादें, यह सुलगन, यह तपिश, मुझे कब तक बेचैन करती रहेंगी? उसे बताने को बहुत कुछ है, बहुत कुछ है। लेकिन वह मिले तो...?

कहीं-कहीं वह...।

नहीं...नहीं...।

मौत उसे छू नहीं सकती है...।

अगर यहाँ नहीं मिला तो वह उसको तलाश करती हुई मशहद जायेगी, जहाँ उसकी माँ का घर कूच-ए-सारेबान में था। जहाँ वह सायरस के छोटे भाई-बहनों के साथ रहती थी। इस बीच उसके बाबा की मौत हो गयी थी। जब वह कैम्ब्रिज गया हुआ

था। बताया था दूसरी बार की यात्रा में हुई मुलाक़ात में सायरस ने बाबा की दी हुई फिरोज़े की अँगूठी का नग तैरते हुए जब अचानक दो टुकड़े हो गये तब उसे लगा था कि बाबा इस दुनिया से कूच करने वाले हैं और वह पहली फ़्लाइट लेकर भागा-भागा आया था। उसकी शंका सच साबित हुई थी। वह मशहद में ज़रूर होगा अपनी माँ के पास जिन्हें वह बहुत प्यार करता है। मैं बेकार ही तेहरान में भटक रही हूँ...।

अरे दिले बेक़रार ठहर तो, अभी तेहरान की सरज़मीन पर पैर रखे चौबीस घण्टे भी नहीं गुज़रे हैं कि तू इतना बेक़रार हो रहा हैं। नहीं जानता क्या कि एक दिन दूसरे दिन जैसा नहीं होता है, पहला अनुभव दूसरे अनुभव जैसा नहीं होता, एक इन्सान दूसरे इन्सान की तरह नहीं होता फिर यह बेकली, यह बेसब्री, यह प्यास किसलिए...?

"आबे नैसा बरसेगा...पीना, जी भर कर पीना, लम्बी प्यास बुझाना। मगर यह बचपना छोड़ो और इत्तफ़ाक़ के घटने का इन्तज़ार मत करो, करिश्मा कभी-कभी होता है हर बार नहीं।

उसने सोने की कोशिश की मगर आँखों में जलन और सोज़िश की चिंगारियाँ उसे तड़पाती रहीं। कल का दिन और है फिर चुनाव की रिपोर्टिंग में वह लग जायेगी। क्या वह बस से... नहीं प्लेन से मशहद जाकर लौट सकती है। सुबह उठते ही...सुबह क्यों, होटल में चौबीस घण्टों काम चलता है। उसने बेडस्वीच दबाया।

कल सुबह की फ़्लाइट से जाना और शाम तक लौट आना है! टिकट बुक करा वह गहरी नींद में डूब गयी।

सपना उसे मशहद वाले सायरस के घर ले गया। जहाँ उसकी बहनें 'शाहनामा' का वह हिस्सा गा रही है, जहाँ तहमीना रात के अँधेरे में रुस्तम के पास जाती हैं जो अपना खोया घोड़ा ढूँढ़ते-ढूँढ़ते उसके महल तक पहुँच गया था। चिराग की हल्की

रोशनी में उसने रुस्तम से प्यार का इज़हार किया था। सायरस धीरे-धीरे उसे शेरों का अर्थ बता रहा था। अचानक रुस्तम का चेहरा सपने में सायरस जैसा दिखता है और वह तहमीना जैसी। वह ठीक तहमीना की तरह रुस्तम से एक बच्चे की इच्छा प्रकट करती है। अपने बाज़ू से सायरस ठीक रुस्तम की तरह तावीज उतार तहमीना को थमाते हुए कह रहा है, ''सुनो, यदि लड़की हुई तो उसके बालों में और जो लड़का हुआ तो उसके बाज़ू पर बाँध देना, ताकि उसे पता चल सके कि उसका पिता कौन है। अचानक उसका सपना टूट जाता है। वह घबरा कर कहती है, ''कितना अजीब सपना था।'' वह बुदबुदाई। सपने, सपने कितने बड़े क़िस्सागो होते हैं।

उसने हवाई जहाज़ की खिड़की से नीचे देखा। दूर तक मिट्टी के रंग की मरुभूमि फैली थी जो सुबह की मुलायम धूप से बेहद हसीन लग रही थी। उसे याद आया कि पहली बार जब वह मशहद अपने पत्रकार मित्रों के साथ गयी थी तब वहाँ से बस की यात्रा तेहरान तक की थी, तब पीली धूप में मीलों तक फैला सहरा ब्लूत था और बीच में चौड़ी सड़क पर से गुज़रती बसें, कारें थीं। इतना शान्त रेगिस्तान, इतना उतार-चढ़ाव के घेरों के साथ नीले आसमान के नीचे, न अन्त दिख रहा था, न क्षितिज, तब उसका सुन्दर सुनहरा रंग खिली पीली धूप में दिल व दिमाग़ में उतर गया था। आज का यह मीलों फैला सहरा चन्द मिनटों में गुज़र गया। उसकी सूजी आँखों में रेत की किरकिरी बनकर, उसने पलकें झपकायीं।

कुच-ए-सारेबनान मोहल्ले का कहीं पता न था।

"ख़ानम, आप किस दौर के ईरान को याद कर रही हैं?" एक मसख़रे दुकानदार ने आख़िर कह ही दिया।

वह झेंप सी गयी।

"जो था अब नहीं रहा।"

यह बात सीधे उसके दिल पर चोट कर गयी। आँखें गीली हो गयीं और होंठ लरज़ कर रह गये मगर दिल के किसी कोने से एक हठ किसी सौगन्ध की तरह निकली कि मैं उस दौर के ईरान को ही नहीं उस दौर के खोये हुए अपने साथी को भी इसी ज़िन्दगी में ढूँढ़ निकालूँगी। मेरा लगाव ही उसे मुझ तक और उसका खिंचाव ही मुझे उस तक पहुँचायेगा। पता नहीं ग़ुस्से में या फिर पुरानी किसी ख़राश के चलते सुरभि ने बस से लौटने का इरादा कर लिया।

बस के शीशे पर उसका सर टिका था जैसे सहरा की चौखट पर माथा टिका हो कि इतनी हसीन वीरानी किस काम की?

सारे रास्ते किसी नग़मे की धुन की तरह उसका सर शीशे से टकराता रहा और रेगिस्तान के ख़ाकी पर्दे पर वह रातभर अपने को दोहराती रही, जैसे कह रही हो, हमें नहीं पता जाने किस जज़्बे के तहत उस रात हम इतने क़रीब आ गये कि हमारे चेहरे एक दूसरे की नर्म साँसों की हरारत से भीगने लगे। जो रिश्ता हवा में तहलील हो चुका था, वह पूरे एतमाद के साथ वजूद में आया और जब हमें होश आया, तब वह मदहोश करने वाला लम्हा गुज़र चुका था। उसकी तरंगे, उसकी रंगीनी पता नहीं किस पाकीज़गी से हमें सराबोर कर गयी।

जो होना था सो हो गया था। गुनाह या सवाब या अधूरी ख़्वाहिश की तकमील या फिर मेरी भटकन की शुरुआत।

उसे फ़िक्र थी मेरे भविष्य की, वह चाहता था कि मैं जल्द-से-जल्द वापस जाकर अपना घर बसाऊँ और पुराना भूल जाऊँ। शायद क्या यक़ीनन मैं भी यही चाहती थी कि अतीत समझ वर्तमान के तहख़ाने पर ताला डाल दूँ। ज़िन्दगी के लम्बे सफ़र में कई मोड़ आते हैं, हर मोड़ पर नयी और पुरानी मुलाक़ातें होती हैं। नये रिश्ते बनते, पुराने छूटते हैं। मैंने थपक-थपक कर उस पूरे हादसे को अपने अन्दर सुला दिया।

शादी के दिन जैसे-जैसे क़रीब आ रहे थे उसके दिल में दो-मुहाँ साँप अपना फन फैला रहा था। कहीं...मैं...।

दूसरा यह कि उसे एक ईमानदाराना गृहस्थ जीवन शुरू करने से पहले क्या इतना बड़ा सच छिपाना चाहिए?

किसी तरह बाद में पता चला तो...

उस रात का इत्तफ़ाक़ तो बिना किसी सावधानी के घटा था और अब जो कुछ घट गया तब? चाहने, न चाहने की नंगी तलवार पर मैं खड़ी थी। उसकी तेज़ धार पर मेरे पैर धीरे-धीरे धँस रहे थे। मैं लहूलुहान हो रही थी। दर्द तपकन बन मेरे दिमाग़ को पका फोड़ा बना गया था।

पता नहीं हुआ क्या जो मैंने अमित को सब कुछ सच-सच बता दिया। मेरी बातें सुनते हुए उसके चेहरे पर कई रंग आये गये।

"प्रेगनेंट हो?"

"पता नहीं।"

"फिर मुझे...बताना क्यों ज़रूरी समझा।"

लम्बी ख़ामोशी के बाद अमित ने जो कहा था, वह बहुत व्यावहारिक था। तब सुरभि को वह एक संकीर्ण, तंगनज़र, ईर्ष्या का मारा मर्द लगा था। शादी टूट गयी।

आज मैं सोचती हूँ कि मैंने उसे पहचानने में ग़लती की थी। वह एक दूरअन्देश समझदार इन्सान था। उसने मुझसे ज़्यादा स्थिति को पहचाना था लेकिन अगर वह मेरी सच्चाई के बाद मुझे अपना लेता तो मैं आज भटक न रही होती। उसे अचानक सायरस का कथन याद आया। बात, बात तो बस सेकेंड भर की थी यानी लम्हा भर की, जिसमें आबिद की एबादत टूट जाती,

किसी मासूम से हत्या हो जाती है और किसी नेक इन्सान से गुनाह सरज़द हो जाता है।

शाम का साया रेगिस्तान पर उतर आया। सड़क किनारे के लैम्प रोशन हो गये। रेगिस्तान का ख़ाकी रंग अब गीली मिट्टी की रंगत का हो गया था। सुरभि ने आँखें फेरीं और शीशे पर से सर उठाया। हर मुसाफ़िर की तरह उसने भी खिड़की का पर्दा बन्द किया और उतरने से पहले कुछ देर आँख बन्द कर बैठना मुनासिब समझा। सर दुख रहा था। माथा छुआ तो महसूस हुआ पेशानी का दाहिना हिस्सा सूज गया है। जो चोट उसे नग़मे की तरह महसूस हो मेरी माँसपेशियों को झंकृत कर रही थी। अब वह तपकन बन बड़ी तेज़ टीसें मार रही थी।

सुरभि को अमित का जवाब एकाएक याद आ गया।

"देखो, न तुम मुझसे न मैं तुमसे भावनात्मक स्तर पर जुड़े हैं। हमारा विवाह 'प्रेम विवाह' न होकर नितान्त अरेंज मैरिज के तर्ज़ पर तय हुआ था। बुरा मत मानना। मैं तुम पर कोई आरोप नहीं लगा रहा हूँ, हो सकता है हमारा विवाह कामयाब हो जाये मगर हम एक दूसरे को चाह नहीं सकते हैं।"

"मैं, तुम्हारे लिए सब कुछ छोड़ कर आयी हूँ फिर तुम कैसे कह सकते हो कि...।"

"मैं इन्सान हूँ देवता नहीं, यह अनुभव जो तुम्हें हुआ है, उसे हल्के में मत लो, समझो...तुम लौट जाओ...तुम्हारा प्यार वही हैं।"

"मेरे दिल में उसके लिए कुछ नहीं है बस...वह इत्तफ़ाक़ था, हालात का...

"जो मुझे दिख रहा है वह तुम नहीं देख सकती, मगर मैं वह सब देख पा रहा हूँ जो आगे घटने वाला है। इसलिए बेहतर हमारे लिए यही होगा कि हम यह शादी रद्द कर दें। थोड़ी-सी

हिम्मत, थोड़ी-सी सख़्ती की ज़रूरत पड़ेगी मगर हम दोनों बहुत बड़ी आफ़त से बच जायेंगे।"

इतना कह अमित चला गया।

यह सच भी सामने आ गया कि मेरे दोनों हाथों से ज़िन्दगी के दोनों सिरे छूट चुके थे।

एक मुल्क ने क्रान्ति कर अपना पुराना चेहरा खो दिया था।

एक आदमी ने लापता होकर मेरी ज़िन्दगी को मँझधार में डाल दिया था।

जीना मोहाल था मगर जीना पड़ रहा था। अन्दर-बाहर लगातार भूकम्प आ रहे थे। मेरा काम सिर्फ़ मुझे खड़ा रखे था वरना कब की मैं ब्रेनहेमरेज से इस दुनिया से विदा ले लेती। घर वाले भी अचानक शादी के टूटने से बुरी तरह आहत थे और क़रीबी सम्बन्धी भौंचक।

तेहरान आ चुका था। सुरभि भी पुरानी यादों से निकल आयी। रोशनी से नहायी सड़कें अपनी उम्र को लाल, पीली, नीली रोशनी के कुमकुमों से छुपाये हुए थीं। सुरभि का सारा बदन लरज़ रहा था। छोटा-सा बैग उठाये वह चौड़ी सड़क के फुटपाथ पर पैदल चलना चाहती थी। अपने को इतना थका देना चाहती की थी ताकि रात को गहरी नींद सो सके और कल से अपनी कम्पनी द्वारा बुक किये होटल में शिफ़्ट हो पूरी तरह रिपोर्टिंग में लग जाये। रात पहली जैसी नहीं लगी। पहले जैसा कुछ न था। न फल में वह रस, न खाने में वह स्वाद, न प्रकृति में वह सौन्दर्य, न लोगों में खुलूस व प्यार। सुरभि के लिए सब कुछ सूख गया था। लम्बी चहलक़दमी करने से पसीने से सुरभि का सारा बदन सराबोर हो उठा। पैर शल हो गये। लोगों की घूरती आँखों से थक गयी मगर वह या उसकी तरह का कोई नहीं टकराया। टैक्सी रोक उसमें सवार हुई। उसके सीने के पिंजड़े में थका पंछी फड़फड़ा उठा। महसूस हुआ यह चार-पाँच साल की दूरी सदियों भर भारी पड़ गयी।

"एक बार सिर्फ़ एक बार दीदार हो जाये। उसे मैं इतना बता सकूँ कि न अमित रहा और न कोई और...। ज़िन्दगी की हक़ीक़त ने मुझे वीराने में लाकर खड़ा कर दिया है। उसने आँखें बन्द कर लीं। उसके चेहरे पर मुरझायापन शाम का झुटपुटा बनकर उतर आया था।

'अस्पताल?' ड्राइवर ने उसकी हालत देख हममर्दी से पूछा—

"होटल" उसने चौंक कर कार्ड पर्स से निकाल ड्राइवर को दिखाया।

उसके गले में काँटे चुभ रहे थे।

"रोकना।" अचानक उसने ड्राइवर का कन्धा थपथपाया।

गाजर के जूस की दुकान से लग कर टैक्सी खड़ी हुई। उसके पैर जम से गये थे। हाँ, बिल्कुल! यह वही दुकान थी। बिल्कुल वही दुकान थी! वह उतरी और पैर घसीटते हुए अन्दर घुसी।

फ्रूटजूस वाला भी वही था। उसका ऊपरी होंठ कटा हुआ। बस उम्र की परछाइयाँ चेहरे पर उतर आयी थीं। अब उसकी दुकान में शाह की जगह इमाम खुमैनी का चित्र लगा था। उसने धीरे से कहा, "नौरूज़ आग़ा।"

"सलाम...वह चौक उठा फिर कुछ पल सुरभि के चेहरे को घूरता रहा जैसे कुछ याद करने की कोशिश कर रहा हो। फिर चहका, "वाय वाय ख़ानूमे हिन्दी...कब आयीं, कैसी हैं...आपके साथी।" उसने बेचैनी से अपनी उँगलियाँ भौंहों पर लगा हैरतज़दा आँखों से उसे ताका फिर बाहर झाँका।

"मैं तो आपसे पूछना चाह रही थी...कब से सायरस आग़ा नहीं आये?"

"याद करना पड़ेगा...चन्द साल...उनके बीमार होने से पहले... अच्छा! मैं आपसे कल बात करूँगा। पूरी मालूमात करके।" एक साथ सुरक्षा बल के लड़कों को दुकान में घुसता देख वह शीघ्रता

से बोला और जल्दी से ताज़ा गाजरों के शरबत का गिलास उसे थमाया।

इस जल्दबाज़ी और हड़बड़ाहट में वह पूछना भूल गयी कि सायरस को क्या हुआ था। वह कोने में रखे स्टूल पर गिलास लेकर बैठ गयी। उसे ड्राइवर का ख़्याल आ रहा था कि वह भी शरबत पी लेता तो इसी बहाने से चन्द मिनट और दुकान पर रुक लेती वरना उसका बड़बड़ाना सुनना पड़ेगा। लड़के जैसे घुसे थे, उसी तेज़ी से गिलास ख़ाली कर चल दिये। वह भी उठी और बाहर निकली। उसे पता है नौरुज़ आग़ा को माली सहायता सायरस ने दी थी, तभी उन्हें मैं याद रही वरना रोज़ जाने कितने ग्राहक दुकान पर आते-जाते रहते हैं।

"अब आप ठीक हैं...किसी दवा की ज़रूरत तो नहीं?" गहरी नज़रों से उसे घूरते हुए ड्राइवर ने पूछा : "नहीं, शुक्रिया।" कह कर उसने दाँतों तले अपना होंठ दबाया। एक रुलाई मतली की तरह उठी, मगर उसने बरबस उसे रोका। टैक्सी चल पड़ी थी। ड्राइवर शायद अपने से मुखातिब था।

"इस शहर में कोई अल्लाह का बन्दा सही सलामत नहीं रह गया।" जब वह होटल के कमरे में पहुँची तब थकान के बावजूद, आशा की किरण नज़र आ जाने की वजह से खुद को बेहद मज़बूत पाया। जो शक्ति माँसपेशियों से ग़ायब हो चुकी थी अब रंगों में उम्मीद भरी गर्मी के संग बह रही थी।

सारे दिन की दौड़-धूप, अवाम से गुफ़्तगू, एक दो छोटे-छोटे इंटरव्यू फिर साथियों के साथ लंच। शाम को वह किसी तरह जूस कार्नर पर पहुँच गयी। नौरूज़ आग़ा मौजूद न था। उसकी जगह कोई किशोर मौजूद था।

"हिन्दी हस्ती?" लड़के ने जिज्ञासा से पूछा फिर कहा, "बाबा मी आयत।"

पिता आ रहे हैं यह सुन वह स्टूल पर बैठ गयी। शीशे के दरवाज़े और विंडो से वह सड़क और फुटपाथ की चहल-पहल देखने लगी। लोग लगातार आ जा रहे थे। पहले की तरह वे सिर्फ़ फ़ारसी नहीं बल्कि अब अंग्रेज़ी में और हिन्दुस्तानी में फर्राटे से बात करते नज़र आ रहे थे। उसका कारण था। इस बीच सियासत के चलते ईरानी लोग कई तरह से विदेशियों और अन्य देशों के सम्पर्क में आये थे।

नौरूज़ आग़ा आते दिखे। उनकी आँखों में ख़ास चमक थी।

"ख़ुशख़बरी है ख़ानम।"

"कहिए।"

इधर एक दर्ज़ी की दुकान है उसका नाम है 'रौशनक'। उसी के पास पन्द्रह नम्बर का घर है जहाँ आग़ा की बहन रहती है। पुराना घर बम से उड़ गया था। फिलहाल वह मुम्बई गयी है!"

"मुम्बई?" सुरभि को झटका-सा लगा।

"हाँ, उनके बेटा ने गोवा में होटल खोला है। उसी की शादी में शिरकत करने गयी हैं। लड़की मुम्बई की है।"

"कब तक लौटेंगी अन्दलीप?" चहक कर वह पूछ बैठी।

"यहाँ किसी को नहीं पता न उनके बेटे के होटल का नाम! यह मेरा कार्ड है, आप अपना नम्बर दें मैं ज़रूर आपको इत्तला करता रहूँगा।" इतना कह कर नौरूज़ आग़ा ने कार्ड बढ़ाया। तभी लड़के ने धीरे से दो बार पुकारा... बाबाजान...बाबाजान।

"अरे ठहरो...ख़ानूमे हिन्दी, यह मेरा लड़का हिन्दुस्तान में घूमने जाना चाहता है, आप इसको पढ़ने की तरफ़ बढ़ावा दें... अंग्रेज़ी सीखता नहीं है...मुझे ही इसके स्कूल के सवाल...।" नौरूज़ आगा फ़ारसी, अंग्रेज़ी और संकेत में अपनी बात समझा सके। "बाबा!" बीच में ही लड़का ठुनका।

''यह रहा मेरा होटल का कार्ड, कल शाम आना मैं पूरा वक़्त दूँगी तुम्हें।''

"न...न...होतल न।" लड़के ने कहा तो सुरभि को हँसी आ गयी और याद आया कि ईरान में कोई भी लोकल व्यक्ति सुरक्षा को देखते हुए विदेशी मेहमानों के कमरे में नहीं जा सकता था।

"फिर आऊँगा तब बात करूँगी।" सुरभि ने कहा।

वह जब दुकान से निकल कर सड़क पर आयी, तब उसे अमित याद आया। जाने कहाँ होगा। एक बार फिर मिल जाता और ऐसी ही कोई भविष्यवाणी कर उसे भविष्य की तरफ़ जाने वाली राह का संकेत दे पाता। इतने वर्षों में वह सिर्फ़ भटकती रही है। तब क्या पता था कि प्रेमबेल का बीज दरअसल उसकी क़िस्मत की धरती पर बोया ही नहीं गया तो फुटाव कैसे देगी? जिसके कारण बनता रिश्ता टूटा। बाक़ी जीवन उसे ढूँढ़ने में लग जायेगा? आख़िर सायरस से उसका क्या है जो बेल बन गुज़रते समय की छाती पर फैलता जा रहा है। क्या यही प्यार हैं, दीवानगी है, जुनून है, जिसकी तरफ़ अमित इशारा कर रहा था?

ऊपर से सब कुछ सलीक़े से चल रहा है। काम, नौकरी, लिखना-पढ़ना, मिलना-जुलना मगर उसके अन्दर दर्द की ये गाँठें उसके अलावा कोई नहीं देख पाता है, जो नासूर बन रिसती रहती है, यह ज्वाला जो उसे हरदम बिरह की आग में जलाये रखती है। यह किस योगी की तपस्या की लौ है। यह तलाश ख़त्म क्यों नहीं होती, यह प्यास बुझती क्यों नहीं है, हरदम यह आग भड़कती क्यों रहती हैं?

उसने पैदल चलते हुए सड़क पार की फिर गली की तरफ़ मुड़ी, रौशनक दर्ज़ी की दुकान दिखी जिसके पास सायरस की बहन अन्दलीप का घर दिखा। वहीं ठहर कर वह घर का बन्द दरवाज़ा देखती रही। जिस पर कोई नेम प्लेट नहीं लगी थी। उसे याद आया।

उसे याद आया कि वह शाम को...

उस घर के अन्दर का नक़्शा जो भी हो मगर उसके अन्दर जो घर अन्दलीप का पहले वाला था। वह उभर कर सामने आया। हमको शादी में जाना था।

सुरभि शाम को अन्दलीप के घर रुकी थी।

उसके बच्चों के साथ खेलती रही। शाम को जब वह बहन के घर आया तब कहने लगा :

"एक शादी में जाना है सोचता हूँ आप भी चलतीं, ईरानी शादी देख लेतीं।"

"मैं?"

"क्यों?"

"एक भी कपड़ा ऐसा नहीं जो शादी में पहन कर जाने लायक मैं लायी हूँ...।"

"आपको अपना लिबास लाना चाहिए था।"

सियासी बहस, हँसी मज़ाक़ के बाद हम बिना खाना खाये उठ गये। होटल पहुँच मैंने अटैची उलटी तो मुझे आसामी, मूँगा सिल्क और बनारसी साड़ियाँ ज़री बार्डर के साथ रखी दिखीं।

"यह हरकत मेरी सहेली नैना की होगी, जिसने माँ के कहने पर अहतियातन ये साड़ियाँ हमेशा की तरह रख दीं। ये दोनों साड़ियाँ मुझे अमित ने मँगनी के समय दी थीं।

वह तैयार हुई। उस नग़मे की धुन पर जो उसके अन्दर बज रही थी। वह मोहब्बत की लय तो नहीं थी, मगर ख़ुशी की शहनाई ज़रूर थी जो कुछ दिनों के बाद उसके घर की चौखट पर बजने वाली थी। सड़क पर आता-जाता हर शख़्स उन्हें घूर रहा था, सराह रहा था। सायरस के चेहरे पर हल्का-सा गुरूर था और सुरभि की चाल में हल्की-सी लचक जो अक्सर फूलों से भरी डाली में हवा से अठखेलियाँ करते हुए आ जाती है। इस समय तो मुझे लग रहा था मैं और अमित साथ-साथ चल रहे हैं। उसके माथे

पर पड़ी लट वह चलते-चलते हाथों से ठीक कर रहा है। उसकी यह अदा मुझे पसन्द थी। रास्ता तय कर हम जब पहुँचे तब तक हाल मेहमानों से वह भर चुका था।

...सफ़ेद कपड़ों में दूल्हा-दुल्हन खड़े मेहमानों से मुबारकबाद कुबूल कर रहे थे। पता नहीं कैसे सुरभि के ज़हन की फ़िज़ा घूम गयी। कभी वह उन दोनों की जगह अपने और अमित को देख रही थी, तो कभी उसको अमित समझ झेंपी-झेंपी, शर्मीली मुस्कान के संग बात कर रही थी! संगीत शुरू हो गया था। नाचते जोड़े हाल के बीच में पहुँच गये और सुरभि अपनी नाक में मेहँदी की गन्ध से मस्त यह महसूस करने लगी कि यह उसकी मेहँदी की रस्म का जश्न है। किसी के कहने पर वह अकेली ही नाचते जोड़ों के बीच में चली गयी।

"अब जब इश्क़ हुआ तब महबूब ग़ायब और जब इश्क़ कोपल फोड़ रहा था, तब वे बेख़बर थीं। कैसा इत्तफ़ाक़।

जहाँ सब ख़ुशी में नाच रहे थे। सुरभि को नाचते देख बाक़ी जोड़े रुक गये। यूँ आँचल, खुली पतली कमर, साड़ी का घेरा और चूड़ियों की झंकार ने सुरभि को उनकी नज़रों में अप्सरा बना दिया और वह नशे के सुरूर में मस्त इस तरह से नाच रही थी जैसे आज की रात उसे मेनका बन ऋषि विश्वामित्र की तपस्या भंग करनी ही है। एक नौजवान उसे अकेला नाच करते देख आ गया और उसके सम्मान में रॉक एंड रोल करने लगा।

समाँ था, हुस्न का, अहसास का, ख़ुशी और कायनात को अपने अन्दर अनार की तरह छूटते महसूस करने के लिए सायरस कहाँ था, क्या कर रहा था, ख़ुश था या झेंप रहा था, उसे कुछ पता नहीं, वह अमित के ख़्याल में डूबी थी, जब वह पसीने और ख़ुशी से सरशार सोफ़े पर बैठी तब उसने शरबत का गिलास ज़रूर मेरी तरफ़ बढ़ाया था।

जश्न अब खाने-पीने, गप मारने की तरफ़ मुड़ गया था। उन दोनों को काफ़ी देर हो गयी थी, दूल्हा-दुल्हन से चलने की इजाज़त माँगी और बाहर आये। दूधिया स्ट्रीट पर ट्यूब लाइट का उजाला फैला हुआ था। बाहर अँधेरे घरों के बीच जैसे नूर का दरिया बह रहा था। शायद बारिश अभी-अभी रुकी थी। सड़क पर भरा पानी और पेड़ों पर लरज़ती बूँदें हीरे की कनी की तरह दमक रही थीं। वे दोनों उस ज़मीनी आकाश गंगा पर चल रहे थे। गली-कूचे नींद में डूबने-डूबने को थे।

सड़क सन्नाटी थी। खड़ी कारें बूँदों से भीगी-भीगी झिलमिला रही थीं।

जाने कौन-सी लहर थी जिसकी खट्टी तेज़ गन्ध किसी घर से उठकर माहौल में लहरा रही थी।

सायरस ने उसे एकाएक अपनी तरफ़ खींचा और होंठों का बोसा लिया।

कितनी देर याद नहीं।

उसे बस इतना याद है कि वे दोनों किसी की तेज़ आवाज़ के बड़बड़ाने से अलग हुए थे। एक भारी बदन की औरत फ्राक पहने कुत्ते की ज़ंजीर पकड़े सामने से गुज़री...।

"लानत!...किसी बात का लिहाज़ नहीं।"

हमने पिया था या यह उसका असर था या बिना पिये ही माहौल ने हमको मस्त कर दिया था। कहा नहीं जा सकता। हाँ, अजीब बात यह हुई कि वह मुझे होटल छोड़ने की जगह अपनी बहन अन्दलीप के घर ले गया। दरवाज़ा अन्दलीप ने खोला और मुझे देखते ही ख़ुशी से भरी आवाज़ में चीख़ी थी।

"तूई? चेक़दर ज़ीबा...या ख़ुदाया!" उसने उँगलियाँ उल्टी हथेली पर मारी और बोली, "बिया जानम बिया!" (यह तुम हो मेरे ख़ुदा! कितनी सुन्दर! आओ अन्दर जान!)

बेटी के कमरे में जा उसने चार साल की लड़की को गोद में उठाया और भाई की तरफ़ मुड़ कर बोली, "तोशक रा पहन कुन।" (तोशक बिछा लो)

इतना कह वह चली गयी।

कमरे में लगी घड़ी में सुबह के या रात के पता नहीं मगर सवा तीन बज रहे थे।

कमरे के किनारे रखे तोशक और रज़ाई को हमने क़ालीन पर बिछाया और मैं भारी बार्डर की मोंगा सिल्क की साड़ी की प्लेटें आड़ में जाकर खोलते-खोलते ठिठकी, उसने नज़र नीची की तो मैंने झट साड़ी बदन से खींची और तह करने लगी, मगर उसकी आँखें नीचे झुक कर ऊपर उठ चुकी थीं, वह कह रहा था :

"चे लिबासे कशंग...तू इन्सान नीस्ती...शहकारे हिन्द हस्ती!...बिया जानम बिया।"

(कितना ख़ूबसरूत लिबास है...तुम इन्सान नहीं, हिन्दुस्तानी हुस्न का शहकार हो...? आओ जान!) वह भी मर्दाना हुस्न का शहकार नज़र आ रहा था। जिसकी तरफ़ पहले कभी मेरा ध्यान नहीं गया था।

हमें नहीं पता यह सब कैसे हुआ? आज भी सोचती हूँ तो यक़ीन नहीं आता! शायद क्या यक़ीनन यह नियति का खेल था या फिर इन्सानों के साथ ऐसा ही कुछ घटता है, जो उन्हें ख़ुद पहले से उसका संकेत तक नहीं मिलता।

वह रात चाँदनी भरी थी या बारिश की हल्की फुहारों की शक्ल में हीरे की कनी बिखेर रही थी या अधखिली कलियों का डाल से लगातार गिर, अपनी गन्ध का जादू बिखेरने में लगी थी। नहीं कह सकती वह सब ज़िन्दगी दे रही थीं या दुनिया की बेहतरीन लज्जत से आश्ना करा रही थी या फिर मेरी ज़िन्दगी में बेकार का हस्तक्षेप कर रही थी! उस समय मैं समझ नहीं पायी थी। सुबह नींद टूटी तो दंग थी–

मैं सायरस की तंग बाँहों में थी। मेरा सर उसके सीने से धँसा था और मेरे सर पर रखी उसकी ठुड्डी। सायरस की नर्म साँसें मेरी माँग को लाल सिन्दूर से भर रही थीं।

अन्दलीप हमारे सरहाने बेटी को स्कूल के कपड़े बदलवाते हुए बेहद दबी ज़बान से उसके सवालों को सुन उसे चुप रहने की हिदायत दे रही थी। मैं हैरतज़दा थी जिस रिश्ते का सिरा हमारे हाथ नहीं था, उसका इतना बड़ा सच अन्दलीप और उसकी बेटी के सामने था।

चश्मदीद गवाह के आगे हमारी हर रुच्चाई झूठी थी कि हमारे दिल में ऐसा कुछ न था।

सुरभि की आँखों से यादें पानी की बूँद की तरह टपकीं और... उसने घबरा कर इधर-उधर देखा। किसी का ध्यान उसकी तरफ़ नहीं था। सब मस्त थे अपने कामों, अपनी धुन में। वह थके क़दमों से आगे बढ़ी। बढ़ती उम्र की इस दहलीज़ पर भरपूर जवानी की दस्तकों ने उसे निढाल-सा कर दिया। कहाँ से उसे पाऊँ और जी भर कर उससे बातें करूँ।

ज़हन बाँटने के लिए और यादों के जंगल से निकलने के लिए बेहतर उसे लगा कि वह सामने की दुकानों में लगे हस्तकला को देखने में इस तरह गुम हो जाये जहाँ उसे अपने दिल की धड़कन प्यानों पर थिरकती उँगलियों की ज़्यादती न लगे।

होटल लौटी तो सबका बँधा सामान देख चौंकी। याद आया आज रात की उड़ान हैं। उसके हाथ-पैर काँप से गये। पर्स खोल उसने पासपोर्ट निकाला और तारीख़ देखी। दस दिन का वीज़ा था, अभी तीन दिन बाक़ी हैं। उसने राहत की साँस ली। घड़ी में वक़्त देखा और भारतीय दूतावास फ़ोन मिलाने लगी। राजदूत उसके पिता के दोस्त थे!

"हलो, एम्बेसडर साहब से बात हो सकती है? मैं पत्रकार सुरभि बोल रही हूँ।''

''मैम कैसी हैं आप? मैं सर को मिलाती हूँ।''

"विजय अंकल, गुड इवनिंग, आपका फेवर चाहिए। मुझे एक बेहद अच्छी ह्ययूमन स्टोरी मिल रही है और मेरा सिर्फ़ तीन दिन का वीज़ा बचा है अगर दस दिन का...।"

"ठीक है, सुरभि देखता हूँ...बाकी लोग?"

"वे दिल्ली आज रात की फ़्लाइट से लौट रहे हैं।"

"फिर कल लंच पर मिलते हैं।"

उसने फ़ोन रख चुटकी बजायी। एयरलाइंस को अगली डेट दी और फिर घर माँ को फ़ोन मिलाया। चाय का आर्डर दे वह बिस्तर पर चारो खाने चित्त गिरी। ख़ुशी और इत्तमीनान ने उसके सारे बदन में मीठे-मीठे दर्द की लहर दौड़ायी और उसकी पलकें झपक गयीं।

उसने सपने में देखा सायरस हिन्दुस्तान आया हुआ है, मगर जब वह उससे मिलने होटल जाती है तब वह कमरे में नहीं रहता है और जब वह उसे फ़ोन करती है तब वह कहता है कि जल्द ही मिलना होगा।

एकाएक ख़वाब की जगहें बदल जाती हैं। वह तेहरान में उसके घर का दरवाज़ा थपथपा रही, वह खोलता है और उसे अन्दर आने को कहता है। अन्दर जाती है, मगर उसकी सर्द मोहरी से आहत होती है। ठण्डा लोहा तक करेंट मारता है यह तो संवेदनाओं से भरा कवि है और चेहरे से इतना बेगाना और व्यवहार में इतना अजनबी?

बेल की आवाज़ से सपना टूट जाता है। पल भर समझ नहीं पाती कहाँ है फिर एकाएक सुध लौटती है, तो उठकर दरवाज़ा खोलती है। चाय की ट्रे रख बैरा उसकी तरफ़ बिल बुक बढ़ाता है और वह हस्ताक्षर कर मुड़ती हैं। बदन अजीब तरह के दर्द से

फट रहा है। एड़ी में ऐंठन-सी हो रही है। वह पैर उठा बिस्तर पर बैठती है। तकिया से टेक लगा वह अपना माथा सहलाती है।

"कल रात भी मैंने सपना देखा था कि मैं तेहरान के गली-कूचों में दौड़ रही हूँ और जब फूली साँस के साथ उसके दरवाज़े पर पहुँचती हूँ, तब वहाँ बड़ा-सा काला ताला पड़ा था।

वह ताला...वह दरवाज़ा...सदियों पुराने डिज़ाइन का मेरे सपने में कहाँ से आया?

आख़िर कहाँ से...?

याद आया...हाँ, वह तस्वीर...लकड़ी का नकशीन कामदार दरवाज़ा, जिस पर लोहे की कीलों और ठप्पों की सजावट और मोटी कुण्डी और नीचे चौखट पर पड़ा डिज़ाइनों से सजा लोहे का ताला। यह तस्वीर उसके ऑफ़िस के कमरे की दीवार पर लगी थी। उसको जब वह ग़ौर से टकटकी लगा देख रही थी तो उसने कहा था–

"कल ही लगायी है, कैसी लगी?"

''वंडरफुल, मगर बन्द दरवाज़ा...यह सोच...यह अलामत किस तरफ़ इशारा कर रहा है?" वह ताज्जुब में पड़ गयी थी!

"तुम नहीं तो कोई नहीं।" वह हँसा था। काफ़ी देर तक हँसा था।

यानी यह संकेत है कि अब वह इस जन्म में नहीं मिलने वाला?

"नहीं...मैं उसे ढूँढ़ निकालूँगी...

उसने दुखते सर को हथेलियों से दबाया। गहरी साँसें भरीं फिर निराशा से उसने केतली उठा चाय प्याली में डाली।

हर दिन, हर रात एक ही ख़्वाब?

भटकती मैं, खोता उसका घर।

ख़्वाब में कभी उसने न उसे छुआ, न प्यार किया, न बातें कीं। बस आभास देता रहा, इशारा करता रहा कि वह ऐसा सोच रहा है। लेकिन सोच क्या रहा है वह भी तो साफ़ नहीं होता?

यह कैसी भूल-भुलैया में वह भटक गयी है।

उसने गर्म चाय की चुस्की ली। बदन में नयी जान-सी आयी। उसने दूसरा घूँट भरा तो थकन उतरती महसूस हुई और प्याली ख़ाली कर जब उसने ट्रे में रख हाथ उठा भरपूर अँगड़ाई ली तो महसूस हुआ उसने नाउम्मीदी को भीगी तौलिया की तरह निचोड़ दिया है।

जाने मन क्यों गाने का करने लगा और वह थिरक उठी—

नज़र लागी राजा तोरे बँगले पर
जो मैं होती राजा बन की कोयलिया
कुहुक रहती राजा तोरे बँगले पर
जो मैं होती राजा काली बदलिया
बरस रहती राजा तोरे बँगले पर
जो मैं होती राजा चम्पा चमेली
महक रहती राजा तोरे बँगले पर

दरवाज़ा झटके से खुला और देखा सामने रेखा और रिज़वान हक्का-बक्का खड़े थे। उसका हाथ फिज़ा में अटक गया।

"यह क्या हो रहा है?" पीछे से सुनील की आवाज़ उभरी। झेंपी-सी वह पलंग से नीचे कूदी और क़हक़हा मारकर हँस पड़ी। उसकी खिसियानी हँसी देख वे तीनों भी बिना कुछ जाने हँसने लगे।

"माफ़ करना...दरवाज़ा भेड़ा था इसलिए..." रेखा इतना कहकर क़हक़हा मार हँसने लगी, "तुम्हें हुआ क्या है, चलना नहीं है क्या?"

"हाँ, दरवाज़ा खुला था और गाने की आवाज़ आ रही थी।" रिज़वान हँसा।

"यार मैं पन्द्रह दिन और रुकूँगी। इसलिए तुम लोग बची हुई ईरानी करेंसी मुझे दे सकते हो!"

"क्यों? जर्मनी नहीं चलना है क्या?"

"वह तो पच्चीस दिन बाद का है न, अच्छी स्टोरी मिल रही है तो...मैंने एम्बेसडर विजय कुमार को फ़ोन कर दिया।" उसने कहा और अपना ख़रीदा हुआ सामान, क़लमकारी, मुनव्बतकारी को दिखाने लगी।

"ये सारे काम हमारे यहाँ भी होते हैं, बस नाम अलग है।''

"ये जूते...अँगूठे के बराबर?" रेखा पर फिर हँसी का दौरा पड़ा।

"यह इस्फ़ाहानी जूते हैं यार...इब्ने बतूता के नहीं" रिज़वान ने उसे अपनी उँगली में पहन मेज़ पर चहलक़दमी करते हुए कहा।

क़लमकारी का काम तो ग़ज़ब का है...

मैंने जो सूखे मेवे लिये थे। उसे रात में फ़िल्म देखते-देखते खा गयी, अब एयरपोर्ट पर लूँगी।"

"पिस्ते का नमक बड़े मज़े का होता है। तुमने पम्पकिन के बीज लिये?"

"हाँ, मगर उसे ज़बान से छील कर जिस तरह ईरानी औरत मुँह-ही-मुँह में खाती है, कमाल है कमाल।" रिज़वान ने जूते उँगलियों से उतार कर कहा, ''हम जब दिल्ली से चले थे तब अच्छा नहीं लग रहा था। हालात हमारे यहाँ के सियासी भी ठीक नहीं है।''

''हाँ, सच कह रहे हो यार! मगर चेंज हो गया।''

''रुक तो मैं भी जाता...मजा तो आ रहा था फिर कभी चांस लगा तो इनकार नहीं करूँगा।'' रिज़वान ने कहा।

"आज रात तुम्हारा दिल अकेले बहुत घबरायेगा...घर कुछ भेजना, कहना है?" रेखा ने उठते हुए पूछा।

"फ़ोन पर बात हो गयी है...मिस तो मैं भी तुम दोनों को बहुत करूँगी।" कुछ उदास लहजे में उसने कहा।

"अच्छा छोड़! अपना ख़्याल रखना, अब हमें चलना होगा।" रेखा ने उसे प्यार करते हुए कहा।

"चार घण्टे पहले का रिपोर्टिंग टाइम है...सिक्योरिटी हर जगह पर मुसीबत बन चुकी है।

"सेफ जर्नी..." कमरे के दरवाज़े तक वह दोनों को छोड़ने आयी।

"तुम इस तरह अपना वक़्त बर्बाद कर रही हो?" रिज़वान के आगे बढ़ते ही रेखा ने दबी ज़बान से कहा, "तेहरान में एक-से-एक हसीन ईरानी मर्द घूम रहे हैं और तुम्हारा दिल मोम नहीं होता?"

"हाँ..." सही कह रही हो, लड़कियाँ और औरतें क्या कम सुन्दर हैं?

"सुरभि! अतीत लौटता नहीं, अपने को दोहराता नहीं है। भूल जाओ...एक बार हाथ आयी ज़िन्दगी खो चुकी हो? अब बाक़ी की ज़िन्दगी को इस तरह तबाह न कर मेरी जान!"

"रेखा डियर, आशिकों को उपदेशक नहीं चाहिए...वरना हीर, हीर न रहती; राँझा, राँझा न रहता; ससी, ससी न होती; पुन्नू, पन्नू न रहता; इश्क़, इश्क़ न रहता..." इतना कहते हुए वह जाने किस ख़्याल के आते ही रेखा के लिपट गयी।

"दुआ कर, मेरा यार मुझसे आन मिले...मेरा हौसला पस्त मत कर, कच्चे घड़े पर मुझे सवार करेगी तो नदी-नाले तेरी आँखों से बहेंगे, समझी।"

"तो भी कहूँगी कि एक फैंटेसी रच डाल, उससे मिलता-जुलता चेहरा पूरे ईरान में होगा ज़रूर, नहीं तो यूरोप में...

"था तो वह जो उसका बाबा था! और ऐसा ही होना होता तो मेरी गोद उसी रात जाती भर...यक़ीन कर रेखा उसकी तरह कोई मर्द मुझे किसी मुल्क में कहीं नहीं नज़र आया।"

"ठीक है...अपना ख़्याल रखना...रात को फ़ोन ज़रूर करना।" रेखा ने जज़्बाती हो उसे लिपटाया।

"बाय...हँसती हुई सुरभि फिर कह उठी–

क़ैस जंगल में अकेला है मुझे जाने दो
ख़ूब गुज़रेगी जो मिल बैठेंगे दीवाने दो।

'आमीन' रेखा ने इतना कह बाय में हाथ हिलाया। उसका यह राज़ सिर्फ़ रेखा जानती है। शादी का पैग़ाम देने वाले, प्यार का इज़हार करने वाले, पल दो पल गुज़ारने वाले, उसे हर मोड़ पर मिले, उसमें कमज़ोरी भी जागी, आकर्षण भी महसूस किया, मगर बिजली की तरंग की तरह कुछ होता फिर शान्त, न कोई उबाल, न जुनून, न आँसू, न आह, न बेक़रारी, न चाहत। शायद इसलिए कि वह वटवृक्ष बन उस पर छाया हुआ है। उसका छतनार वजूद, उसकी जटाएँ उसके दिल के आँगन में फिर से अपने को रोप चुकी हैं, अब क्या ख़ाक वहाँ किसी फूल, पौधे के उगने, पनपने का मौक़ा मिलेगा?

जिस तरह शास्त्रीय गायन की एक परिपाटी, एक परम्परा होती है। कुछ उसी तरह इन्सान के जज़्बात का भी एक पैमाना होता है जिसने खालिस मोहब्बत को महसूस कर लिया हो उसके सामने तो हर इज़हार उथला नज़र आता है, अब किया भी क्या जाये?

यह पहाड़, यह मैदान, यह दरख़्त, यह नदी भी तो तन्हा है, लेकिन अपनी तरह न सही, अलग तरह का साथ तो है। पहाड़ पर बर्फ़ और मखमली घास में जंगली फूल, जंगल और झरने, सोते और गुफाएँ वे अपनी बनावट में पूर्ण हैं उसी तरह नदी अपनी धाराओं में मछलियाँ, घड़ियाल, केकड़े और सीपें, सीपों में मोती और मूँगा, अनगिनत वनस्पति और जीव-जन्तु वह भी अपने भरी पूरी है और उसी तरह दरख़्त, मैदान और मैं...

मेरे अन्दर यादों के क़ाफ़िले लगातार यात्राएँ करते हैं, रोआँ रोआँ उसकी मौजूदगी को एहसास से सराबोर हो उठता है।

दिल की हर धड़कन पर उसके नाम की ही धुन बजती है, कानों में उसकी बातें उसके सरोकार गूँजते हैं, रग-रग में उसकी कविता के बोल फड़कते हैं, आँखों में इन्तज़ार की लौ लपकती है—मैं तन्हा कहाँ हूँ, इतना कुछ है मेरे पास, उसके दिये सौग़ात के रूप में, बदन के हर हिस्से पर उसके स्पर्श का कम्पन है, लम्स की धड़कनें...

उसने कमरे की खिड़की खोल दी।

आसमान तारों से भरा था। चाँद अपने हाले के बीच चमक रहा था। कितनी अजीब है यह कायनात भी। एक चाँद है आसमाँ पर उसे सारी दुनिया देखती है और एक सूरज है, जिसकी धूप का इन्तज़ार हर मुल्क की धरती करती है, मगर इन्सान को इजाज़त नहीं है कि वह चाँद की तरह सूरज के इर्द-गिर्द चक्कर लगाये लेकिन उस बालिश्त भर के परिन्दे का हौसला भी देखें जो आसमान और ज़मीन के बीच प्यासा चीख़ता है मगर पीता वही बूँद है जो उसकी प्यास है...

पपीहे...तुम्हारा हमज़ाद यहाँ है हाँ-हाँ मैं चातक!

दमावन्द की तरफ़ से आने वाली ठण्डी हवा उसके गालों को सहला उठी। उसने झुरझुरी-सी ली।

उसने खिड़की के पर्दे को बन्द किया और फ़ोन पर रात के खाने का आर्डर दिया। मन बहका-बहका था। दिमाग़ नये पुराने दृश्यों में उलझा हुआ था। उसने टी.वी. खोला। जो बाग़ स्क्रीन पर नज़र आ रहा था। वह बाग़े फरहा था शायद अब नाम बदल गया है...उसके ज़हन में नये नाम जगह नहीं बना पा रहे हैं मगर पुराने पेड़ ज़रूर उसे याद आते हैं। बेदेमजनूँ का सर झुकाये लाल फूलों वाला दरख़्त...डॉक्यूमेंटरी में जो भी चल रहा हो, तस्वीरें जो भी बता रही हों, वह तो इनसे दूर जाकर कुछ और देख रही थी।

उस बाग़ में वह ख़ुद को देख रही थी, समय और काल सब आगे पीछे हो गये थे। रेशमी साड़ी पर उसने गहरे शेड का

रेन कोट पहन रखा है। खुले बालों के साथ वह बाग़ पार कर रही है और एकाएक बाग़ में पड़े झूले की तरफ़ बढ़ती है और ऊँची-ऊँची पेंगे लेती है, सैंडिल की नोकें सफ़ेदा और चिनार के पेड़ों तक पहुँच बादलों को छूती हैं और वह दूर खड़ा हैरत भरी नज़रों से उसे देखता है।

जब वह ख़ुशी से भरी झूले से नीचे उतरी थी, तब वह कह उठा—

"ए, चेहर-ए-तो चेक़दर गुलगून शुदे बूद...सूर्ख़। खेली मासूम हस्ती मिस्ले यक दुख़्तरे कूचिक।" (आपका चेहरा कितना लाल हो गया था। आप किसी मासूम बच्ची की तरह लग रही थीं।) उसकी फ़ारसी में कहे वाक्य को वह कितना सुन पायी थी, कितना समझ पायी थी, मगर ख़ुशी से दमकते अपने चेहरे को उसने ज़रूर उस मोटे शीशों के स्याहीमायल आईने में दरख़्तों की शाखाओं के पसमंजर में ज़रूर देखा था, उसी तरह जैसे उसकी आँखों की काली पुतलियों में। उसने मेरी कत्थई सुनहरी आँखों में क्या देखा था, कह नहीं सकती हूँ। तब हम एक दूसरे को कितना कम जानते थे, दो अजनबी थे। आज वह सारे टुकड़े रंगीन पतंगों की तरह जब ज़हन में फड़फड़ाते हैं तब कितने अर्थपूर्ण हो उठते हैं। उसके अनेक अर्थ खुलते हैं अनकहा, असमझा सब कुछ पारदर्शी हो इन्द्रधनुष के रंगों में लुभावना हो उठता है।

उसे याद आया आज विश्व स्तर पर राजनीति पर कही गयी उसकी बातें कितनी सच साबित हो रही हैं। उस जैसा बुद्धिमान इन्सान क्या बार-बार टकराता है। उमर ख़य्याम की रुबाइयाँ कुछ भी दर्शन रखे मगर मिट्टी वही आकार ग्रहण नहीं कर पाती वरना मेरी शक्ल बिल्कुल ज़ेबुन्निसा की तरह होती या फिर मीरा की तरह जो वर्षों पहले कह गयी थी। *सूली ऊपर सेज हमारी किस बिध सोना होय?*

किस बिध सोना होय...किस बिध?

उसने तकिया सीने से दबा बिस्तर पर बच्चों की तरह लोट लगायी और आँखें बन्द कर लीं।

दिल की गहराइयों से आवाज़ आयी...

आज वो फिर ख़्वाब में आया मगर ढेर सारी बातें करने, ख़ामोश रहने नहीं...

उसने एक दो बार बेक़रारी-सी करवटें बदलीं फिर गहरी नींद में डूब गयी।

सुबह जब उसकी आँख खुली तब आँखें जल रही थीं। सर में शदीद दर्द था। उसने दिमाग़ पर ज़ोर डाला, याद करने की बहुत कोशिश की मगर उसे कुछ याद नहीं आया। ज़हन कोरी स्लेट था यानी गयी रात उसने कोई ख़्वाब नहीं देखा।

"इंटरवल।" वह हँसी।

ग्यारह बजे तक उसे दूतावास पहुँचना था। न चाहने के बावजूद वह बिस्तर से उठी और बाथरूम की तरफ़ बढ़ी।

होटल से निकल वह पैदल ही चल पड़ी। बदन में छाये अलसायेपन को वह इसी तरह तोड़ सकती थी।

रास्ते में फूलों की दुकान पड़ी तो वह ठिठक गयी—ऊदे रंग की वाटरलिलि देखकर, उसकी पसन्द का रंग। उसने दरवाज़ा खोला और नरगिस के फूलों के संग उसने फालसाही फूलों को एक गुलदस्ते में बँधवाया और बाहर निकली। रास्ते में चलते हुए कुछ देर ठहर वह फूलों की सुगन्ध को साँस में बसाती खरामा-खरामा चलती, फिर चाल तेज़ कर देती, वह अपने में डूबी थी, मगर पीछे चलने वालों को ख़ासी दिक़्क़त हो रही थी।

ख़ानम शुमा राह बन्दून कर दी। (आपने तो मैम, रास्ता बन्द कर दिया)। एक जवान जो दायें-से-बायें तो कभी बायें-से-दायें

निकलने की कोशिश में था झुँझलाया-सा कह उठा तो वह चौंकी और एक तरफ़ हट कर चलने लगी। उसने गुलदस्ते को हाथ के सीध में ज़मीन की तरफ़ झुकाया और दुकानों के शेड के नीचे विंडो से चिपकती-सी आगे बढ़ी। उसके दिमाग़ में पुरानी बातें चक्कर लगा रही थीं।

"फ़ारसी ज़बान बहुत आसान है मगर ख़ूबसूरत फ़ारसी बोलना बेहद मुश्किल।" उसे ईरानी दूतावास की चाय पार्टी में ईरान जाने से पहले कल्चरल अटैची ने कहा था। छह हफ़्तों की फ़ारसी भाषा कोचिंग क्लास में जाकर यह सच साबित भी हो गया था। विदेशी पत्रकार भी बड़े आराम से न सिर्फ़ कामचलाऊ फ़ारसी बोल लेते थे, बल्कि वह सारी हसीन अभिव्यक्तियाँ भी सीख गयी थी जो ईरानी आपस में बोलते थे और वास्तव में वह फ़ारसी ज़बान की मिठास ही नहीं बल्कि जान थे। यह उसका तीसरा सफ़र था। बीच-बीच में पार्टियों, जलसे और हाईलेबल सोसायटी में किसी भी देश के बुद्धिजीवियों, रंगकर्मियों और चित्रकारों से बार-बार मिलना कोई अजूबा बात तो न थी ख़ास कर तब-जब उसका दिल ईरान की फिरोज़ी पहाड़ियों पर अलबुर्ज की चोटी पर अटक गया हो।

उसने टैक्सी लेना मुनासिब समझा।

राजदूत ने उसे लंच पर बुलाया है उनका मक़सद साफ़ था कि बातों-बातों में एक पत्रकार के नज़रिये को सुने और अवलोकन को भी समझे जो ख़ास और आम हर जगह मौजूद रहता है।

दो बजे वह वीज़ा डिपार्टमेंट की तरफ़ चल पड़ी जो पास में था। वीजा लेकर उसने पासपोर्ट पर लगी मुहर को देखा और मुस्कुरा पड़ी। दिल चाहा नौरूज आग़ा से सायरस के बारे में पूछूँ फिर लगा किसलिए? घर का पता अन्दलीप का है, जाते-जाते

एक नज़र उसे देख लूँगी। इस वक़्त उसे राजदूत की कही बात याद आ रही थी कि मैंने अभी इंडो-ईरान के ऐतिहासिक सम्बन्धों पर लिखी पुस्तक ख़त्म की है, क्या तुम्हारी नज़रों से गुज़री है...?

"उसे ही तो ढूँढ़ने की गर्ज़ से रुकी हूँ।" जाने कैसे उसके मुँह से निकल गया।

"मतलब?"

"वह अंकल...मैं उनसे दस साल पहले मिली थी फिलहाल उनका कोई पता मेरे पास नहीं है।"

"किताब मेरे पास है पढ़ना चाहो तो ले जाओ...उसने तो ग़ज़ब का काम किया है...यह लो...हाँ पेज नम्बर पैंसठ को मैं अक्सर खोलकर पढ़ता हूँ, जहाँ उसने शकुन्तला का ज़िक्र करते-करते ख़्याल में बसी किसी हिन्दुस्तानी लड़की का ज़िक्र किया है, उसने वहाँ अपनी एक कविता भी कोट की है। आबी यानी नीले रंग की साड़ी पहने हुए है वह रंग उसे आसमान और समन्दर जैसी गहराई और ऊँचाई का एहसास देता है... उसकी दूसरी किताब अभी बाज़ार में मौजूद नहीं है, मैंने पता लगाया था।"

उसमें साटन सिल्क की ब्लू ब्लैक और ब्लू ऐश रंग की साड़ी का ज़िक्र है। मैंने पहली मुलाक़ात में पहन रखी थी। उसने दिल-ही-दिल में दोहराया और मोहतात होकर बैठ गयी कि कहीं वह फिर कोई निशान ऐसा न छोड़ दे कि एम्बसेडर विजय को शक हो जाये।

टैक्सी ले वह यूनिवर्सिटी की तरफ़ गयी और सामने पंक्तिबद्ध किताबों की दुकानों को देखती हुई वह मोड़ पर उतरी। उसे पहले ख़्याल क्यों नहीं आया कि प्रकाशक या किताब फ़रोश के ज़रिये उसका पता लगाया जा सकता है। वैसे राजदूत का कहना भी सच था कि इस इंक़लाब ने विदेशों में बसे जितने ईरानियों को वापस नहीं बुलाया, उससे कहीं ज़्यादा विदेशों की तरफ़ खदेड़ दिया है।

क्या पता वह भी जा बसा हो, क्या कहा जा सकता है, सोवियत संघ के टूटते, बिखरते मार्क्सवादियों के जो देश उन्हें पनाह दे रहे थे, उनमें अमेरिका सबसे आगे था। बड़ी बहन का विवाह तो पहले से अमेरिका बेस ईरानी से हो चुका था। अब उसी के सहारे बाक़ी बहन-भाई भी ऐसे नाज़ुक मौक़े पर जाकर शरणार्थी बन गये हों। कोई ताज्जुब की बात नहीं!

इस ख़्याल के आते ही उसका दिल खट्टा-सा हो गया।

बड़ी बहन गुलनार का ख़त मिला था। जब उसने जवाब दिया तब उसके जवाब की जगह ख़त वापस आ गया। ऑफ़िस का पता उसके पास था नहीं वह ख़त कहाँ भेजती?

समय का वह टुकड़ा किस तरह कटकर अलग हो गया है कि कभी-कभी लगता है जैसे कोई कपड़ा बीच से फाड़ दिया गया हो।

आठ-दस दुकानों को खंगालने के बाद उसे सायरस की किताबें मिलीं और बूढ़े किताब फ़रोश से छोटी-सी इतला कि आज से चन्द साल पहले वह आया तो था। तब वह मरीज़ लग रहा था। किसी नयी किताब का ज़िक्र कर रहा था, जिस पर वह उन दिनों काम कर रहा था फिर नज़र नहीं आया। उसकी कई किताबों के नये संस्करण भी ख़त्म हो चुके हैं। वह आगे बढ़ी चार-पाँच दुकानों को छोड़कर अचानक अगली दुकान पर उसे प्रोफ़ेसर कामरान 'आज की आवाज़', अख़बार के संस्थापक मिल गये। वह उन्हें पहचान न सकी, मगर उन्होंने उसे पहचान लिया। उनसे हाल-चाल पूछने के बाद उसे महसूस हुआ कि विदेश में एक पर्यटक की तरह आना और उस स्थान को देखना एक अलग अनुभव देता है। प्रोफेशनली दूसरी तरह का तर्जुबा देता है, मगर जब विदेश के किसी नागरिक से आपका रिश्ता पारिवारिक और संवेदना के आधार पर बनता है तब वह दरअसल जगह से रिश्तेदारी का मज़ा देने लगता है। इस वक़्त प्रोफ़ेसर कामरान बाज़िद हो गये। उसे घर ले जाने को और उसकी किताबों का

भारी बंडल हाथ में उठा आगे बढ़े, वह उनके साथ चल दी। कितना बदल गया है यह आदमी!

प्रोफ़ेसर कामरान अन्दलीप के पति फरशीद के दोस्त थे और उन्हीं के पड़ोस में रहते थे। आज का दिन उसके लिए मुबारक साबित हुआ और रात के खाने तक उसे ढेरों ख़बरें मिल गयीं मगर जो बात अहम थी वह उन्हें भी नहीं पता थी कि आजकल वह कहाँ है?

रात को रेखा का फ़ोन आया।

"हाँ, चकोरिनी क्या हाल है, चकोर कहीं दिखा?"

"शुक्रिया।"

"किस बात का?"

"हमें एक समझने का...चकोर...चकोरनी।" वह हँसी।

"अच्छा सुन, तेरा वीजा तो बढ़ गया होगा, होटल तो शायद तू बदलेगी...सस्ते होटल में जा, हाँ एक बात कहनी थी कि मेरे कान के टॉप्स मेरे कमरे के दराज़ में छूट गये हैं, फिर फ़ोन करूँगी बाय।"

उसने फ़ोन रख दिया।

वह देर तक गर्म पानी का शावर लेती रही और सोचती रही कि उसका नाम सुरभि क्यों रखा मम्मी और पापा ने? क्या मुरझाने के लिए?

उधर विजय कुमार सोच रहे थे, ''बचपन के दोस्त की बेटी दरअसल अपनी बेटी जैसी लगती है इसलिए मैं जो कुछ ताड़ रहा हूँ वह भगवान करे सच न हो...मुझसे किसी ने कुछ कहा नहीं मगर भाँपने वाले तो भाँप लेते हैं।'' अचानक वह पूछ बैठे, "तुम इस इंडोलॉजिस्ट के असर से बाहर निकलो...ज़िन्दगी के बेहतरीन दस-बारह साल तुम गँवा चुकी हो, इस ख़ूबसूरत मुल्क के लोग खुशक़िस्मत नहीं हैं जो एक बार खो गया, सो खो गया।

"अंकल ऐसा मत कहिए...वह मुझे मिलेंगे। दिल की भी तो एक आवाज़ होती है।"

"उसने अपनी किताब में लिखा है...मैं जब चाहूँगा आँख बन्द करूँ, तब हिन्दुस्तान वह ज़मीन हो और जब जलाया जाऊँ तब नदी गंगा हो जिसमें मेरी राख बहा दी जाये और शकुन्तला वही आबी साड़ी पहन मेरी चिता को आग दे।"

"यह कहाँ पढ़ा?"

"अलबुर्ज से एवरेस्ट तक में, वह किताब कोई ले गया है। मेरे पास नहीं है...वह बिना हिन्दुस्तान को देखे, किताबों, पुराने ग्रन्थों और साहित्य अध्ययन से संवेदना के बीच धार में पहुँच गया है। उसका लिखा पढ़कर कभी-कभी लगता है काश! एक बार वह बनारस और इलाहाबाद की गंगा देख लेता, उसका सारा ख़्वाब बिखर जाता और...।"

"कभी नहीं अंकल...लैला को मजनूँ देख चुका था।" उसने काँपती आवाज़ से प्रतिवाद किया और उठ खड़ी हुई थी। सुरभि विजय कुमार की बातों से विचलित हो उठी थी। झूठ बोलकर भी वह क्या पाती।

तौलिया से उसने अपना काँपता बदन लपेटा और नाइट गाउन पहन कमरे से बाहर निकली और आईने के सामने खड़े होकर उसने अपना चेहरा देख।...वह ज़्यादा ख़ूबसूरत है या मैं?

वह हँस पड़ी। यह इश्क़ का जज़्बा जब फूटता है तब न किसी का फ़ोटोग्राफ़ देखता है और न ही बायोडाटा, न नस्ल देखता है, न जिल्द की रंगत, न भाषा देखता है, न ख़ानदान, यह एक जादू रचता है और उसके असर में आदमी अपना होश खो देता है जैसे मैं...मेरी बेखुदी मुझे कहाँ तक ले आयी है?

उसने सफ़ेद रंग के गाउन से झाँकते अपने बदन को देखा...बिल्कुल मिट्टी के रंग का जिसे वह सन्दली रंग कहता था। सन्दल यानी चन्दन, वह चन्दन, जिसके वृक्ष के तन से गन्ध के कारण सर्प लिपटे रहते हैं। उसने तौलिया में लिपटे अपने बालों को खोला। वे बिखर कर उसके कूल्हे तक गिरे जिनसे बूँदें अभी भी रह-रहकर टपक रही थीं।

"बालों की लम्बाई की एक हद होती है मोना, बेटी के लम्बे बाल कमर से नीचे न झूलने दे, मनहूस होता है...बाल का इस तरह तेज़ी से बढ़ना अच्छा नहीं समझा जाता...आजा मेरी राजदुलारी''...कह कर मौसी उसे पास बुलाती और घने बालों की लम्बाई कम कर खुश हो जाती।

"द्रौपदी के लम्बे बालों के लिए कुछ इसी तरह महर्षि वेद व्यास ने कहा गया था...।" उसने अटैची से नाइटी निकाली और गाउन उतारा!

"मुझे कपड़े लाउंडरी में देने होंगे।"

उसने लाइट बुझायी और खिड़की के पास जाकर खड़ी हो गयी।

तभी दरवाज़े की घण्टी बजी।

"यह रूम नं. चार से मिला है, मैम!" सामने खड़ी हाउस कीपिंग से आयी औरत ने कहा। उसने थैंक्स कह कर उसके बढ़ाये काग़ज़ पर हस्ताक्षर किये। और रेखा के टॉप्स का नन्हा-सा पैकट पकड़ा और मुस्कुरा कर दरवाज़ा बन्द किया तो एकाएक उसे अपने कपड़ों का ध्यान आया मगर आवाज़ देने का दिल न चाहा।

बिस्तर पर पहुँच उसने आँखें बन्द कीं, नींद का कहीं अता-पता नहीं था। एकाएक उसका अँगूठा टीसा तो उसने उठ कर पंजा सहलाया। अँगूठे के नीचे हड्डी के ऊपर छाला-सा महसूस हुआ। ऐसे दर्द के फफोले उसके सारे बदन पर फैले हैं। अक्सर रातों को टीसते हैं और दिन को टभकन से भर उठते हैं।

उसकी आँखों में अँगूठे के नीचे पड़े छाले के बराबर आँसू की मोटी-सी बूँद नीचे पलकों में आकर अटक गयी। अँधेरे में वह चिटके शीशे से कौन-सी इबारत पढ़ने की कोशिश कर रही थी, ख़ुद उसे कहाँ पता था। जाने कितनी देर वह यूँ ही छाले को सहलाती दर्द से बेताब न रहती अगर उड़ते पर्दे के बीच से खिड़की की चौखट से झाँकता चाँद उसे नज़र न आ जाता। वह सब कुछ भूल कमरे में तिरछी आयी चाँदनी को ताक़ती रही जो सुरमई नीली क़ालीन पर पड़ कर अजीब तरह का रूपहला नीला उजास भर रही थी। क़ालीन पर बने बेल-बूटे एकाएक जानदार हो उठे और उनके रंग ज़िन्दा।

उसने सिरहाना बदला। पायताने की तरफ़ तकिया रखी और लेट कर चाँद का मुखड़ा ताकने लगी। धीरे-धीरे चाँद खिड़की के चौखटे से सरकने लगा और एकाएक कमरे में चाँदनी ने अपना पल्लू फैलाया और चारों तरफ़ कमरे में मलगिज़ा-सा रंग बिखर गया। उसने करवट बदली। टिमटिमाते सितारों भरा आसमान अपनी काली कामदानी का दुपट्टा लहरा रहा था। अचानक उसे महसूस हुआ कि उसके पास रखे शीशे के गोल टेबल पर कुछ दमका...उसने सर घुमाया तो देखा। पता चला कि आसमान के चाँद का अक्स उस मेज़ पर पड़ा रहा था। उसने लेटने का अन्दाज़ बदला तो उसे अजीब नज़ारा दिखा। मेज़ पर चमकता चाँद का पूरा कटोरा और तारों भरे आसमान का टुकड़ा। वह हँस पड़ी—

"कुछ ऐसी ही ज़िन्दगी मेरी है, मेरे ज़हन के झरोकों से झाँकती यादें दिल के आँगन में आतिशबाज़ी के फूलों की तरह मूसलाधार चमक कर बरसती हैं। जब बारूदी फूलों को हथेली के कटोरों में लेना चाहूँ तब वे हाथ आने से पहले पानी के बुलबुले की तरह फूट अपना वजूद गुम कर देते हैं। अहसास का रूपक

ढूँढ़ लेने से न दिल को तसकीन मिलती है, न उपमाएँ इत्तमिनान की ठण्डक बख़्शती हैं। हर दम, हर पल सब कुछ सुलगता महसूस होता है।

जाने बादल कहाँ से आ गये थे। आँखें बरसीं सो बरसीं, मगर बाहर अन्धड़, डालियों का टकराना और झूमना, बिजली की चमक, बादल की कड़क ने नागालैंड की रातें बरबस याद दिला दीं जब नीली पहाड़ियों के ऊपर कई रंगों से सजा आसमान बेतहाशा शोर करता और झम-झम पानी गिराता, इतना रौद्र रूप धारण कर लेता कि सिवाय भयभीत होने के कोई चारा समझ में नहीं आता। उसने दोनों तकिया कानों पर रख हाथों से दबाया। मगर लग रहा था कि छत तोड़ अब बिजली गिरी, तब गिरी उस पर। उसके होंठ लरंज रहे थे और बदन काँप रहा था। एकाएक ऐसा महसूस हुआ कि बारिश के साथ ओले भी गिर रहे हैं।

अचानक पलंग हिला, फिर दीवारें, वह डर से थरथराती हुई बेड से नीचे उतरी। खिड़की से उसने सामने की बिल्डिंगों को आधी झुकते देखा। उसके उसके होश उड़ थे।

इतना ज़बर्दस्त भूकम्प...।

उसे लगा उसको किसी ने अपनी बाँहों में कस लिया है, उसका सर उसके सीने पर है। उसने सन्तोष की साँस ली मगर वह बड़बड़ा रहा था :

"पुराने शहर की तरफ़ क्या हाल होगा?"

पन्द्रह मिनट की तबाही के बाद क़ुदरत का ग़ुस्सा कुछ थमा तो उसने देखा, वह कमरे में मौजूद एक खम्भे से लिपटी थी। खिड़की का पर्दा जाने कहाँ उड़ चुका था। नयी इमारतें ज़लज़ला प्रूफ सीधी खड़ी थीं। कमरे की चीज़ें बिखरी थीं। ऊपर टँगा छोटा-सा फानूस चूर-चूर था। जग गिलास, ग़ुलदान का कहीं पता न था। कमरे के दरवाज़े का लाक टूट चुका था। दरवाज़ा पाटो-पाट खुला था। जिसके बीच में दो लोग उसकी ख़ैरियत लेने पहुँचे थे जिनके चेहरों पर ख़ुद हवाइयाँ उड़ रही थीं।

वह अपने हवास में लौटी। हल्की-सी हँसी!

"वह ज़िन्दा है फिर...वह कौन था जो पुराने शहर के दक्षिणी भाग के लिए फ़िक्रमन्द था?"

वह उनके साथ जाते हुए सोच में डूबी थी। राहदारी में लगी तस्वीरें गिरीं, फ्रेम टूटा और गुलदान गिरे पड़े थे, जिन्हें समेटा जा रहा था। एकाएक ज़हन में बिजली कौंधी, बरसों पहले का तूफ़ानी भूकम्प याद आया, जब वह सायरस के कमरे में गयी और रात तक मौजूद थी। वह किसी मीटिंग में गया हुआ था। वह इन्तज़ार करते-करते किसी किताब में डूब गयी थी। वह थका हुआ आया और सीधे वाशरूम में जाकर उसने आदत के मुताबिक़ चेहरा और आँखें धोयी थीं। चेहरा पोंछ कर जब वह कमरे में दाख़िल हुआ तब एकाएक बर्फ़ गिरनी शुरू हुई और...

यह दृश्य उसके ज़हन में महफ़ूज़ था।

उसकी यादों का सिलसिला अचानक टूटा, कोई कह रहा था, "ख़ानम आप आराम करें, नाश्ते का इन्तज़ाम पास के हाल में हैं...हमें अफ़सोस है कि आपको इस तरह की ज़हमत हुई। आपका मोबाइल फ़ोन, पर्स सभी ज़रूरी चीज़ें आप तक पहुँचा दी जायेंगी। आप जहाँ चाहे इस फ़ोन से बात कर सकती हैं।"

"शुक्रिया! आप लोग कितने परेशान हो रहे हैं।" सुरभि ने कहा। "इस जंग ने हमें हर तरह की आदत डाल दी है ख़ानम, मुर्दे उठाओ, उन्हें दफन करो, मलबे से ज़ख़्मी निकालो, फिर भी हम ऊपर वाले का शुक्र अदा करते हैं।"

उस कमरे में पहले से तीन-चार औरतें बैठी थीं। उनके चेहरे हवन्नक हो रहे थे। उसने अपने को सँभाला और फ़ोन की तरफ़ देखा। तब ऐसी कोई सहुलियत न थी। बड़ी मुश्किलों से फ़ोन इंडिया मिलता और कभी-कभी सेंसरशिप की वजह से हर चीज़ ठप हो जाती थी। उसने फ़ोन मिला घर बात की, उन्हें वक़्त के

फ़र्क़ की वजह से कुछ पता न था, इसलिए वह भी बात टाल गयी। विजय अंकल को फ़ोन किया तो उन्होंने कहा, "सड़क का रास्ता शुरू होते ही वह होटल पहुँच रहे हैं।"

उसकी आवाज़ रुँध रही थी। वह किसी के कन्धे पर सर रखना चाह रही थी। गर्दन में बाँहें डाल कर रो-रोकर अपना दिल ख़ाली करना चाह रही थी मगर वहाँ अपना कोई न था। विजय अंकल उड़ान शुरू होते ही उसे इंडिया भेजने का फ़ैसला ले लेंगे।

"पता नहीं अन्दलीप मुम्बई से लौटी या नहीं?

उसे अजीब बेबसी-सी महसूस हुई।

"वह किसके पीछे, किसे ढूँढ़ती घूम रही है, वह उसका कौन है?" उसका दिल चाहा चीख़-चीख़ कर रोये।

इस अजनबी शहर में किसी अपने के लिए, जो न अपना हुआ, न बेगाना मगर इस शहर का हर पुराना शख़्स जाने कहाँ खोकर रह गया और हर गली, बाज़ार में बदल कर रह गयी।

उसी के साथ मेरी तक़दीर भी।

उसने अपने काँपते घुटनों पर अपनी पेशानी टिका दी और सुबकने लगी। डिप्रेशन का दौरा उसे ही नहीं बाक़ी औरतों को भी गहरे अवसाद में डुबोये था, मगर वहाँ गम नहीं ताज्जुब था। उनकी आँखें फटी थीं और वह खुद सकते में थी।

सड़क पर गिरी बर्फ़ लोगों और कर्मचारियों ने साफ़ कर दी थी। दोपहर तक उसका कमरा भी साफ़-सुथरा रहने के काबिल बना दिया गया था। उसका सामान भी महफ़ूज था सिवाय सायरस की उस तस्वीर के जो उसने कल शाम किताब के फ़्लैप से बनवायी थी। अरसे बाद उसके नैन-नक़्श उसने देखे थे। तकिया के नीचे रखती फिर देखती। चेहरे को उँगलियों से सहलाती, होंठों को चूमती वह बहल-सी गयी थी। सब कुछ था सिवाय उस तस्वीर

और किताब के, जिसकी सिर्फ़ एक प्रति बची थी। बाक़ी किताबों पर सायरस का कोई फ़ोटो न था। यह फ़ोटो भी खादी का हल्के नारंगी पीले रंग के कुर्ते का था, जो उसने किसी किताब के गिर्द लपेट उसे भेजा था। वह कुर्ता उसके तन पर था जिसका पहला बटन खुला था। गर्दन के थोड़ा नीचे तक का वह फ़ोटोग्राफ़ रात की तूफ़ानी हवा अपने संग उड़ा ले गयी और वह सौ पन्ने की पतली-सी किताब भी, जिसमें उसके शेर छपे थे, सियासी, पर्दा-दर-पर्दा, शाही व्यवस्था के ख़िलाफ़ आम इन्सान की पीड़ा का ब्योरा जो बार-बार पढ़ने से भी वह समझ नहीं पा रही थी। आख़िर उसे साहित्यिक फ़ारसी आती कहाँ थी। उमरख़्य्याम को उसने अंग्रेज़ी में पहले कभी पढ़ा था। सादी की गुलिस्ताँ को भी हिन्दी में पढ़ा, चाहती तो फ़ारसी का अभ्यास ज़ारी रखती मगर एक साथ कई नावों पर वह सवार नहीं हो सकती थी। अब तो उसकी भाषा सिर्फ़ अंग्रेज़ी तक सिमट कर रह गयी है।

"अब बला टल गयी है। होटल छोड़ो घर चलो तुम्हरी ऑन्टी लौट आयी हैं। वे पहले ही तुम से नाराज़ हैं कि तुम मिलने नहीं आयीं, अब एक हफ़्ते में उन्हें मना लो, उनसे दोस्ती हो सकती है। कल तुम्हारे काम आ सकती हैं।" विजय कुमार ने अपने ख़ास लहजे में कहा।

"ठीक है।" वह हँसी और अटैची उठा उनके पीछे-पीछे कमरे से बाहर निकली। बाहर ठण्ड ज़्यादा न थी। आसमान साफ़ और नीला। कहीं-कहीं सफ़ेद बादलों के गुच्छे और दमावन्द का पहाड़ी बदन पूरे-का-पूरा बर्फ़ से ढका था। सड़क किनारे खड़े ऊँचे दरख़्त अलबत्ता सर पर सफ़ेद हैट लगाये झूम रहे थे, जिससे बर्फ़ के रेज़े नीचे आते-जाते लोगों के चेहरे और सर पर गिर कर उन्हें मुस्कुराने पर मजबूर कर रहे थे। बर्फ़ की सफ़ेदी पर सुरमई बादलों की घटा की जगह पीली सुनहरी धूप फैली थी। छुट्टी का दिन था। वाहनों की रेल-पेल कम थी, मगर मौसम का मज़ा लेने

वाले बड़ी तादाद में आ जा रहे थे। ख़ास कर किशोर-किशोरियाँ और छोटे बच्चे।

उसके कानों में रिज़वान की आवाज़ गूँजी।

"ईरानी बच्चों को देखकर दिल पर साँप लोट जाता है, काश! अपने बच्चे ऐसे प्यारे होते?"

"इतने प्यारे बच्चों के लिए माँ का ऐसा होना ज़रूरी है, जैसे यहाँ की औरतें हैं क्यों रिज़वान भाई?" रेखा ने पूछा था।

"उनकी तरफ़ देखते डर लगता है।"

"क्यों?"

"आँखें चुँधिया जाती हैं।"

उसके मासूम जवाब पर रेखा और वह ख़ूब-ख़ूब हँसी थीं और कई दिनों तक छेड़छाड़ का महौल यह कह कर बना रहा कि 'आँखें चुँधिया' जाती हैं।

मोहर्रम शुरू हो गया था। सड़क पर जगह-जगह 'सबीलें' रंगीन बल्बों के साथ रखी थीं। रौज़ाख़्वानी की आवाज़ें आ रही थीं। इस माहौल में अन्दलीप के घर का एक-दो चक्कर लगाने के बावजूद सुरभि को यह पता नहीं चल पाया था कि यह उनका अपना मकान है या फिर किराये का अगर किराये का है तो मकान मालिक कहाँ रहता है, जो जाकर सारा क़िस्सा सुना, उन्हें यक़ीन दिला फ़ोन नम्बर ले ले वरना इस क्रान्ति से पहले ईरानी ख़ासे मेहमान दोस्त हुआ करते थे। घर पर राह चलते को बुलाना, आवभगत करना, दिल की बात उगल देना, कोई मसला न था। लेकिन विचारों के विभिन्न मंचों, जासूसी, सत्ता की दौड़ ने सब कुछ बदलकर रख दिया है।

विदेशी पत्रकारों से तो उन्हें सख़्त नफ़रत है बस भारतीयों का ख़्याल रखते हैं। यह तो अच्छा हुआ उसका रंग गन्दुमी और नाक ऊँची और आँखें कटावदार आम की फाँक की तरह हैं,

जो यह सब उसे सब्जा (साँवला) कह कर शिराज़ शहर का समझते हैं, वरना तो उसका खोया अन्दाज़, बार-बार एक जगह आना, चुपचाप घूरना, आह भरना और चले जाना किसी भी शंकित स्वभाव वाले व्यक्ति को सन्देह के घेरे में डाल सकता है।

"आज शाम मैंने एक पार्टी रखी थी। पता नहीं कितने लोग आ पायेंगे। इस भूकम्प से ख़बरों के मुताबिक़ बहुत नुकसान हुआ है। वास्तव में कितना हुआ होगा, इसका अन्दाज़ा भूकम्प की तेज़ी से लगाया जा सकता है।" विजय कुमार ने चिन्तित स्वर में कहा।

"यह तो है अंकल...पहले तख़्ता पलट, फिर इंक़लाब, ईरान-इराक युद्ध, अब भूकम्प–इन सारी विपदाओं में पता नहीं कितने लाख लोग बेघर-बार हुए होंगे और सैकड़ों मरे होंगे। इन सारे हादसों में और जाने कितने अपाहिज हुए होंगे।'' सुरभि ने लम्बी साँस लेकर कहा।

"घर के लिए कुछ सामान ले लें।" कहते हुए विजय कुमार ने एक शानदार पेस्ट्रीशॉप के आगे गाड़ी रोकी।

उसका उतरने का मन नहीं था तो भी वह कार से उतरी और दुकान में दाख़िल हुई। मेवों के बोरे इस तरह खुले पड़े थे कि उसे लोक कथाओं में भूतों एवं देवों के घरों का वर्णन याद आ गया। बादाम, किशमिश, पिस्ता, अंजीर और कुछ नयी क़िस्म के सूखे फल...उधर केक, पेस्ट्री, डबल रोटी...बड़े-बड़े पैकेट उठाये वे दोनों बाहर निकले।

डिग्गी भर चुकी थी।

"दावत का कुछ ज़्यादा ही बढ़िया इन्तज़ाम हो रहा है अंकल।"

"होना चाहिए।"

कार तबरीज के पेड़ों के नीचे से धूप छाँव का खेल खेलती भाग रही थी। दोनों चुप थे। विजय अंकल ने वही सेंट लगा रखा था, जो पापा लगाते हैं। उसे, पापा के लिए एकाएक हूक-सी उठी। कहाँ होंगे, कैसे होंगे, कह रहे थे कि तुम्हारे बिना रात का खाना हलक़ में अटकता है।

"दो हिस्सो में बँटकर मैं भी कौन सा सुख उठा रही हूँ। वहाँ रहकर कहीं और जाकर इस ज़मीन पर आने के लिए तड़पती हूँ और इस ज़मीन पर पहुँच कर मैं दर-दर भटकती हूँ।

ये प्यासी आँखें उसके दीदार से कब सेर होंगी?

यह बेचैन दिल कब मिलन के गीत पर धड़केगा?

आह! यह आग मुझे एक बार में भस्म क्यों नहीं कर देती है?

"लो, घर भी पहुँच गये।" विजय अंकल ने कहा और गाड़ी से उतरे।

वह चौंक पड़ी, यादों का सिलसिला टूट गया।

"तुम्हें देखकर तुम्हारी ऑन्टी उछल पड़ेंगी।" विजय अंकल ने कहा और ड्राइंगरूम का दरवाज़ा खोला।

"सुनन्दा...कहाँ हो...देखो तो कौन आया है?"

घर में क़दम रखते ही उसे महसूस हो गया था कि आलू-बालू यही कहीं मौजूद हैं।

उसका शक सही निकला।

"हाय सुरो...कैसी हो?" विजय अंकल का बेटा रोहताश सामने खड़ा था।

"ठीक हूँ।" उसने कड़वाहट की हद तक खट्टा आलू-बालू के शरबत का घूँट भरा। सारा बदन तनतना कर रह गया। वह पहले से ज़्यादा इरीटेटिंग लग रहा था।

"यू आर लुकिंग क्यूट।" उसने जिस तरह कहा था, उसने ग़ुस्से से उसका सारा वजूद हिला दिया कि कहीं बचपन से रटा-रटाया दूसरा जुमला न कह डाले, "आई विल मैरी यू।"

लेकिन उसकी जगह दूसरा बेवकूफ़ी का जुमला वह बोलने वाला था।

"आएम आलसो..." बीच में उसका जुमला अधूरा रह गया।

"अगली एंड जंगली" सुरभि के मुँह से अचानक निकल गया तो विजय अंकल के चेहरे पर साया-सा गुज़र गया जो वह नहीं

देख पायी थी, मगर सुनन्दा ऑन्टी के कानों में तीर की तरह जुमला बिना निशाना चूके हुए जा लगा। तेवरी पर बल पड़े, मगर फ़ौरन ही ख़ुशमिज़ाजी का नकाब उन्होंने ओढ़ लिया।

"सुरो...मेरी नन्ही-सी चुड्डो...कैसा फुर्र-फुर्र उड़ती है...आ जा गले तो लग।" उनका लहजा वही पुराना था!

इधर-उधर की बातों के बीच अन्य बातें होती रहीं और सुरभि का दिमाग़ तेहरान की उन सड़कों में उलझ गया, जहाँ जामुन के रंग और शक्ल वाले फल भरे थे। जिसका गहरा बैंगनी शरबत बड़े चाव से पीता हर आम और ख़ास आदमी गुज़र रहा था। जैसे अपने यहाँ गन्ने का नीबू और मसाला पड़ा रस चाव से पिया जाता है। उसी रंग वाला भाप उड़ाता उबली कोई चीज़ भी खायी जाती, मगर वह खोंचे वाले रखते थे। पूछने पर पता चला कि वह उबला चुकन्दर है। उबला चुकन्दर और गर्म-गर्म शलजम यहाँ के लोग सुबह-सुबह शकरकन्द की तरह खाते हैं और शकरकन्द को ज़मीकन्द कहते हैं। उस दिन सारा ग्रुप पत्रकारों का तेहरान शहर घूमने निकला था। बाज़ार में हरी सब्ज़ी, रंगबिरंगे फल, कई तरह के पनीर और बहुत कुछ। चलते-चलते सबको कुछ पीकर गला तर करने का मन हुआ तो सब उस जामुन जैसे फल के ठेले की तरफ़ बढ़े और दर्जन भर गिलास का आर्डर दे डाला। कुछ के मुँह में पानी भी आ रहा था।

"ख़ुश मज़ा अस्त।" (बहुत मजेदार है) दुकानदार ने उनकी कैफ़ियत ताड़ कर कहा।

"ब्ले ब्ले" कुछ ने फ़ारसी बोलने वालों की तरह गर्दन हिला हाँ, हाँ कर मंजूरी दी। शायद उनके मुँह में नमक बधरी जामुन और फालसे के चटख़ारे की याद तेज़ हो उठी थी।

" 'शरबते/आलूवाल' दुकानदार हँसा तो पीछे का टूटा दाँत भी हँसा। कई ने दोहराया 'आलू-बालू कहीं आलूबुखारा की जुड़वाँ बहन न हो।" सब हँस पड़े।

जब सबने गिलास हाथों में पकड़ लिये तब देहाती सा लगने वाला दुकानदार जिसकी छिटकी-छिटकी अधपक्की दाढ़ी थी बोहनी से ख़ुश होकर कह उठा 'बा सलामती।" (सलामत के साथ)

पहला घूँट सब पर कयामत बन कर टूटा, कोई जली पैर की बिल्ली की तरह उचका, कोई गिनगिना उठा, किसी का मुँह इस तरह बना कि असली चेहरा ग़ायब हो गया। बेचारा दुकानदार हाथ में पैसे और सामने भरे शरबत के गिलास देख बौखलाया-सा खड़ा रह गया।

उसकी याद भर से सुरभि के मुँह का मज़ा बदल गया। खट्टेपन की हद से भी ज़्यादा खट्टापन। "यह रोहताश फिर पीछे लगेगा और..." अभी उसने इतना ही सोचा था कि सामने से एक बेहद नाज़ुक ख़ूबसूरत लड़की को आते देखा।

"आओ, 'मेहरमाह' सुनन्दा ऑन्टी ने बुलाया। वह शरमाई-सी आकर उनके पास खड़ी हुई। सबको सलाम कर उसने ग़ौर से सुरभि को देखा।

"यह मेहर, मंगेतर हैं रोहताश की। दोनों एक ऑफ़िस में काम करते हैं लन्दन में।" विजय अंकल ने एक अजीब से अन्दाज़ में उसका परिचय कराया। सुरभि समझ नहीं पायी कि यह जवाब था उसके बचपन के दोहराये जुमले का या फिर इतराहट थी ब्यूटी एंड बीस्ट के इस मिलाप पर, बहरहाल उसने हाथ आगे बढ़ाया और हाथ मिलाने के साथ ईरानी तौर-तरीक़ों के मुताबिक़ उसके गालों को चूमा। कुछ इस अन्दाज़ से जिसमें 'शुक्रिया' का रंग ज़्यादा तेज़ था। उसके सर पर नाचता मच्छरों का झुण्ड अपनी सारी भिनभिनाहट के साथ ग़ायब हो चुका था। उसने ग़ौर से रोहताश को देखा। पाँच-छह वर्ष बाद देखने का फ़र्क़ था या बादल के छँटने की राहत, जो उसे रोहताश ख़ासा एलिगेंट लगा।

"योर च्वायज़ इज़ एक्सीलेंट...। माई ब्रदर इज़ नाट ओनली हैंडसम, आलसो अ नाइसमैन...आई मस्ट कांग्रेचुलेट बोथ ऑफ यू।" अंग्रेज़ी में बड़े ज़ोरदार लहजे में सुरभि ने बात सँभाली तो सबके चेहरे खिल उठे।

बात साफ़ होने में देर नहीं लगी कि शानदार पार्टी इसी सिलसिले में दी जा रही हैं, लेकिन इस भूकम्प जैसे दर्दनाक हादसे के चलते रंगे महफ़िल जम पायेगी या नहीं?

कुछ ही घण्टों में सुरभि और मेहरमाह में गहरी छनने लगी। वह एकदम फ़िल्मी दुल्हन की तरह सजना चाहती थी। उसे यक़ीन दिलाया गया कि हिन्दुस्तानी फ़िल्मों से कहीं ज़्यादा रस्म और शोर-शराबा असली शादी में अंज़ाम देते हैं, अक्सर इसी के चलते आपस में कहा-सुनी हो जाती है और बरात भी वापस चली जाती है।

इन बातों पर हम हँस रहे थे।

हमारी हँसी की आवाज़ों से घुली-मिली बैन और विलाप की टकराहटें हमें चौंका गयीं। लगभग भागते हुए हम कमरे से निकले तो देखा लॉबी में टीवी पर न्यूज़ चल रही है और सुनन्दा ऑन्टी और विजय अंकल रुहाँसी सूरत लिये बैठे थे।

टूटे घर का मलबा, दबी लाशें, मरे जानवर, जख़्म, ख़ून इस बर्बादी के आगे हरी मेहँदी की लाल फुलकारी बेकार होकर रह गयी थी।

मेहरमाह ने पहले होंठ दबा आँसू रोके फिर एकाएक बेकाबू हो मेहँदी लगे हाथों से मुँह ढककर फफक उठी। उसका इस तरह रोना देख सबकी आँखें भर आयीं।

पुराने तेहरान में उसके रिश्तेदार रहते थे।

अब सब ज़मींदोज़ हो चुके थे!

जब माहौल सहज हुआ, तब विजय कुमार ने लांग ड्राइव पर चलने का प्रस्ताव रखा जो किसी को नहीं भाया।

चाहने-न-चाहने पर कुर्सी पर बैठे लोग या तो कहवा पीते रहे या फिर ताश के पत्ते फेंटते रहे।

पार्टी के लिए न कोई आया और न ही उन्हें बेटे की मँगेतर का परिचय सबसे कराने का हौसला रहा। अपनी अटैची से मेहरमाह फ़ैमली एलबम उठा लायी और सुरभि को दिखाते हुए बताने लगी कि उसके माँ-बाप डॉक्टर हैं। उसका एक भाई भी डॉक्टर है मगर उसे इंजीनियर बनना पसन्द था। उसने उस अस्पताल की तस्वीरें दिखाईं जहाँ उसके माँ-बाप और भाई डॉक्टर थे। कुछ मरीज़ों के साथ खड़े थे। उन तस्वीरों को देखते-देखते उसकी नज़र एक मरीज़ पर पड़ी तो वह चौंक पड़ी। दाढ़ी बढ़ी, अस्पताल के कपड़ों में खोया-खोया सा...मोटी-मोटी उसकी भौंहें और बिना चश्मे की वे आँखें...बेगानी लग रही थीं जिनमें अजनबीपन की शाम गहरी थी!

"यह...यह कौन है?"

"मेरे बाबा के किसी दोस्त का बेटा...हम नहीं जानते इन्हें... यह बहुत बीमार थे। उस दिन इनकी भी फ़ोटो खिंची थी। आप इन्हें जानती हैं?

"यह तो सायरस हैं...सायरस।" वह हल्के से चीख़ी और उस चीख़ में तेज़ धार थी।

"क्या हुआ, सुरो?" विजय अंकल ने पूछा।

"आपका राइटर...यहाँ...यह!" धीमे से सुरभि ने कहा और कमरे से बाहर निकली। सर्द राहदारी ने उसे बर्फ़ की तरह जमा दिया। गुद्दी में तेज़ दर्द उठा, लगा रीढ़ की हड्डी टुकड़े-टुकड़े हो जायेगी।

"अभी मुझे सब्र करना चाहिए...मुझे लगता है मेहरमाह ख़ुद सब कुछ बतायेगी!"

उसने अपना रेन कोर्ट पहना और तेज़ी से दरवाज़ा खोल घर से बाहर निकली। ठण्ड थी, मगर सुरभि को ठण्ड महसूस नहीं हो रही थी। बर्फ़ के ढेर अभी पिघले नहीं थे। कुछ नंगी टहनियों पर अभी भी बर्फ़ ख़रगोश की तरह लिपटी थी।

शाम थी या बदली...।

दिल पर घटा थी या अन्देशा...

वह सचमुच सायरस था या उसकी शक्ल...उसके पैर नयी बर्फ़ में धँस रहे थे एकाएक वह ठिठक कर खड़ी हो गयी।

वह लन्दन में किस बीमारी का इलाज करा रहा था।

वह ज़िन्दा है या मर चुका है

वह मेरे जीते जी मर नहीं सकता वरना...

इस ज़मीन का क्या होगा और उस चाँद का जो मेरा है...

जो मेरे गिर्द चक्कर लगाता है। मेरी छाया से कुछ दिखता है कभी छिपता है।

वह मर नहीं सकता, कभी नहीं...

सुना तुम सबने?

उसने चीख़ कर कहा तो शाख का परिन्दा भयभीत हो पंख फड़फड़ा उड़ा।

मैं तेहरान में क़दम रख चुकी हूँ। बस उसे ढूँढ़ना बाक़ी है।

सुनो बुज़दिलो!

सुनो टूटे दिल, हारे आशिको!

सुनो अलब्याती के बिन आँखों वाले पैरों!

मैं इस बार भी उसे ढूँढ़ निकालूँगी...

मैं तेहरान की सरज़मीन पर पैर रख चुकी हूँ!

वह सुनसान रास्ते पर घुटनों भर पड़ी बर्फ़ पर दौड़ती आख़िर खम्भे से टकरा कर वहीं बर्फ़ पर गिर पड़ी।...अन्दलीप का घर वहाँ से कुछ ज़्यादा दूर नहीं था।

इतनी देर तक बर्फ़ पर गिरे पड़े रहने की वजह से अस्पताल में पड़ी सुरभि का बदन पूरा नीला पड़ चुका था। नीलकण्ठ की तरह बिरह का राग अब हलक से उतर उसके सारे बदन को ज़हरीला बना रहा था। बदन घण्टों बर्फ़ में पड़ा रहने के कारण अकड़ चुका था। डॉक्टर के साथ सभी को डर था कि कहीं सुरभि पैरालेटिक का शिकार न हो जाये।

विजय कुमार ने दिल्ली फ़ोन किया तो पता चला ख़ुद उनके दोस्त सुरभि के डैड आई.सी.यू. में हार्ट अटैक के चलते मौत और ज़िन्दगी से जूझ रहे हैं। ख़ुशी ने उनके घर की चौखट पर खड़े होकर इस तरह दस्तक दी कि दूसरों का ग़म उनके घर में दाख़िल हो गया। बहुतों की कोख उजड़ी, बहुतों की माँग और अब दोस्त मौत के मुहाने पर खड़ा है।

विजय कुमार सुरभि से क्या कहते!

दूसरे दिन जाकर सुरभि की हालत सुधरी मगर पैरों को लेकर डॉक्टर अभी भी शंकित थे। घुटनों तक बिना किसी ऊनी कपड़े के पैर घण्टों बर्फ़ के नीचे धँसे रहे थे। विजय कुमार दोनों तरफ़ की ख़ैरियत लेते रहे मगर बुरी ख़बर किसी को न सुनायी। सुरभि के वीज़ा के ख़त्म होने का समय क़रीब था। पाँचवें दिन जब वह पूरी तरह सेहतमन्द होकर घर लौटी तब नौरुज़ आग़ा को उसने फ़ोन लगाया। पता चला कि अभी अन्दलीप ख़ानम लौटी नहीं है। उसने लैपटॉप खोला और मेल चेक किया, मेल बॉक्स सन्देशों से भरा था।

जर्मनी से मारिया ने लिखा था, "मेरे लिए नाने बरबरी (रोटी) ज़रूर लाना।"

फरीदून ने लिख था। "लानत तुम पर, ईरान में मेरी जगह तुम हो। कितनी बार 'चुलू कबाबी' गयी। जूजे कबाब ख़ूब खाये होंगे...बदज़ात।"

“एलबर्ट की माँग ईरानी केसर की थी जिसे वह ड्रिंक में मिला पीना चाहता था ताकि इस हड्डी तोड़ बर्फ़ीली ठण्ड से राहत मिले।”

सारी फ़रमाइशों को पढ़ कर वह हँस पड़ी।

“जो एक बार ईरान आ जाता है, उसके अन्दर ईरान रच-बस जाता है।”

शाम की चाय पर विजय कुमार ने सुरभि को बताया कि महेन्द्र की तबीयत ठीक नहीं थी, मगर अब ख़तरे से बाहर है। सुन कर वह सन्न रह गयी। बाप की बीमारी ने उसे बेचैन कर दिया। रात की उड़ान से उसने दिल्ली जाने की ठान ली, मगर सीट ख़ाली न मिली यहाँ तक कि हफ़्ता भर कोई गुंजाइश किसी एयरलाइंस में न थी। उसने जर्मनी का टिकट बुक कराया और यह सोच कर दिल को तसल्ली दी कि हफ़्ता भर की बात है, वह घर पर रह कर लम्बी छुट्टी की दरख़्वास्त देगी और आराम से ईरान में रहेगी।

किसी भी खोयी चीज़ को ढूँढ़ने के लिए हफ़्ता-दस दिन कुछ भी नहीं होते।

मेहरमाह से पूछने से बेहतर उसने नेट का सहारा लिया और लन्दन अस्पताल की सारी सूचना ले, उनसे सायरस उस्कोई की बीमारी का डिटेल पूछा यह कहते हुए कि उसके पुराने दोस्त की बीमारी के बारे में डॉ. बोरहानी से सूचना मिली, जिन्होंने उसका इलाज किया था। उसे यक़ीन था कि इतने छोटे परिचय के बाद अस्पताल उसे इनफार्मेशन नहीं देगा लेकिन पत्रकार होने और फैमली फ्रेंड होने के नाते शायद वह कुछ ऐसा संकेत दे जो उसके लिए ज़रूरी हो।

सुरभि ने देखा मेहरमाह के हाथों में मेहँदी अपने गुलबूटे के साथ ऐसा महक रही हैं कि उसका दिल मचल उठा कि वह भी सुहाग की यह निशानी अपनी हथेलियों पर जमा ले।

मेहरमाह की मँगनी की रस्म हफ़्ता बाद ही सही बड़ी धूमधाम से गुज़र गयी यादगार फ़ोटो के बहाने उसके एलबम की भी कुछ तस्वीरें सुरभि के ई-मेल पर आ गयीं यानी सायरस उस्कोई उसके लैपटॉप के स्क्रीन पर हमेशा के लिए क़ैद हो गये।

सामान से लदी-फदी वह हवाई अड्डे पर पहुँच चुकी थी दोबारा लौटने के लिए। जर्मनी जाने वाली उड़ान में अभी देर थी। वह कस्टम फ्री शॉप में घुसी और सायरस की पसन्द का सेंट ख़रीद उसने अपनी कलाई, गर्दन और नथनों में लगाया।

"तुम्हारे शरीर की गन्ध न सही तुम्हारे शौक़ की सुगन्ध तो साथ रख सकती हूँ।"

कॉफ़ी का प्याला ले वह मुस्कुराती-सी कुर्सी पर बैठ गयी।

हाथों में हिना, बदन पर इत्र, बालों से उठती कच्चे सेब की ख़ुशबू और पैरों के नाख़ूनों पर लगी गुलाबी नेल पालिश। कानों और गले में सुनन्दा ऑन्टी का दिया फिरोज़े का सेट और कमर के चारों तरफ़ कसी लाल रंग की कामदानी की साड़ी, जो मेहरमाह की पसन्द थी। झुकी पलकों के संग, घूँट भरती नयी नवेली दुल्हन जैसी वह ख़ुद।

आते-जाते लोग एक नज़र उसे देखना नहीं भूलते थे।

उसकी आँखों के सामने ख़ुशनुमा यादों की क्यारियाँ खिली थीं। उसे याद आया पहली बार ईरान से लौटते हुए वह उसे छोड़ने आया था।

जब सब एक दूसरे से जुदा होने लगे तब उसने अलविदाई बोसा लिया था! यह एक बेहद दरपर्दा अन्दाज़े मुहब्बत है, मगर हिन्दुस्तान को छोड़कर हर जगह, हर रिश्ते का खुला इज़हार!

इतनी दुनिया घूम कर वह सब कुछ जान चुकी थी मगर मम्मी और पापा इस देश के संस्कार और संस्कृति से अनभिज्ञ थे। उसके घर पहुँचने से पहले यह ख़बर उन्हें दे दी गयी थी कि उनकी बेटी खुलेआम हवाई अड्डे की लाबी पर किसी ईरानी गवैये को होंठों का चुम्बन दे रही थी जो अपने लम्बे-लम्बे बालों के संग किसी बार का डांसर लगता है। यह कोई और नहीं ईरानी दूतावास में काम करने वाला सुरेन्द्र था, जो मम्मी का दूर का रिश्तेदार लगता था। उस दिन हुए हंगामे को सोच वह हँस पड़ी।

"काश! मैंने मेहरमाह की बात मानकर रुन-झुन बजने वाली पायल पहन ली होती, मगर सुनन्दा ऑन्टी ने यह कह कर मना कर दिया कि शादी से पहले, कुँवारी लड़कियाँ पैरों में न मेहँदी लगाती हैं, न बिछुए पहनती हैं, न तोड़े...।

"चूड़ियों की खनखनाहट, घुँघरू की छुन-छुन से क्या सायरस भी किसी भारतीय मर्द की तरह रोमांटिक हो उठता?

उसकी आँखों के सामने अपना दुल्हन बना चेहरा उभरा, हाथ में जयमाल, फेरे और मंगल सूत्र...वह मुझसे निकाह तो करता न, ठहरा इंडोलॉजिस्ट...ख़्यालों में जीने वाली कोई भटकी आत्मा जो शताब्दियों से भारत-ईरान के खँडहरों में डोल रही है।

उसने गहरी साँस ली।

शेरवानी पहने सायरस सामने खड़ा था।

गले में जयमाल थी और सर पर साफ़ा...

जर्मनी जाने वाली उड़ान के यात्री...

फ़ारसी, अंग्रेज़ी में हुए ऐलान ने उसे न चौंकाया, न झिंझोड़ा, वह अपनी शादी के समारोह में उसी तरह डूबी रहती अगर किसी ने उसे मुखातिब न किया होता।

हवाई जहाज़ की खिड़की से उसने नीचे देखा।

तेहरान, शहर और उसमें घरों, पेड़ों, सड़कों और पहाड़ उसे नज़र आये।

इसमें मेरा और सायरस का घर कहाँ होगा?

उसने आँखें बन्द कर लीं!

जहाज़ हिला और परिन्दे की तरह पइयाँ-पइयाँ कुछ दूर चल उसने ऊँची उड़ान जर्मनी की तरफ़ भरी।

गहरी लम्बी नींद से जब वह जागी तब बाहर का माहौल बदल चुका था। पास बैठी सवारी उसे जानी-पहचानी लगी मगर वह अभी सो रही थी। उसने कुछ पीने के लिए बटन दबाया तो वह शायद कोहनी लगने से जागी और एकाएक फुसफुसाई सुरभि!

"यस...यू ज़ोहरा आब्दीन?" "कैसी हो, ईरान में तुम क्या कर रही थीं?

''चुनाव कवर किया।''

''तुम उसी पत्रिका में हो न? अलजीरिया में सब कैसे हैं?"

सुरभि ने बात दूसरी तरफ़ मोड़ी तो ज़ोहरा हँस पड़ी।

"तुम्हारा वह सायरस किंग ऑफ़ किंग्स कैसा है?"

''शीरिन से मिलीं? नूरीन का तो इन्तकाल हो गया। पता नहीं चला?" सुरभि ने अनसुना कर पूछा।

"सब के बारे में पता है तुमको, यह नहीं पता कि मैंने शादी कर ली है। वह भी अपने कज़न से..." इतना कह हँस पड़ी।

"तुमने शादी कर ली और वह बेचारा ब्रिटिशर?"

"पास्ट इज़ पास्ट माई डियर!" अपनी सुनाओ घर बसा या नहीं...या फिर उसी तरह चक्कर आज भी लगा रही हो?

दो हमकार, हमउम्र, हमपेशा। जवान औरतों के पास पूछने पर लिए ढेरों सवाल थे।

वे अरसे बाद मिली थीं। हँसी, क़हक़हों में सफ़र कट गया पता ही न चला या फिर वे अपनी विपदा एक दूसरे को सुना कर मन बोझिल नहीं करना चाह रही थीं।

उसके अन्दर जल्द-से-जल्द काम ख़त्म करके हिन्दुस्तान जाने की बेचैनी बढ़ रही थी। कल रात उसे विजय अंकल का मेल मिला था, जिसमें हार्ट अटैक की बात तफसील से दर्ज थी कि वह ख़तरे से बाहर है। ज़ोर देकर ख़ास तौर से लिखा गया था कि ज़रूरी काम पूरा कर वह सीधा दिल्ली लौटे। भटकने के लिए यह समय उचित नहीं है और बीमार बाप के पास पहुँचने के लिए यह वक़्त क़ीमती हैं।

वह उदास-सी बूंदाबीस्ट की चौड़ी सड़क पर अकेली टहलती रही, जहाँ बड़ी उम्र की औरतें अपने कुत्तों के साथ एक हाथ में कूड़ा उठाने वाले प्लास्टिक को पकड़े टहलने निकली थीं। दूसरे हाथ में कुत्ते की ज़ंजीर थामे वे अपनी ज़िन्दगी से मुतमइन नज़र आ रही थीं।

वह होटल की जगह ज़ोहरा आब्दीन के साथ ठहरी थी। जिसका चित्रकार पति सायरस का जानने वाला निकला। किसी वर्ल्ड कॉन्फ्रेंस में वे मिले थे। उसकी एक नज़्म पर उसने एक पेंटिंग भी बनायी थी। उस पेंटिंग के रंग उसके अन्दर फैल होली खेल रहे थे।

सियासत प्रभावित देश ही ख़ून बहा सकते हैं। उसका दिल नज़्म को पढ़कर भी लहूलुहान हो गया था। उसका बस चलता तो वह अपने दिल की घुटन को बूंदाबीस्ट की पथरीली गलियों के बेंचों व खम्भे में चीख़-चीख़कर निकालती। जहाँ घरों की खिड़कियाँ बन्द और धुले कपड़े बेजान जिस्मों की तरह हवा में लहराते रहते थे। जिन्हें देख उसे लगता बम से उड़े बदनों के परखचे फ़िज़ा में डोल रहे हैं।

बिना ख़ुलूस के ये सर्द शहर इन्सानी ख़ुलूस की गर्मी से ख़ाली रहते हैं, मौसम, मुस्कुराहट से हर इन्सानी संवाद किसी काम या तर्क पर टिका होता है वरना...शायद हर इन्सान के पास कहने को बहुत कुछ है, मगर दूसरे को सुनने का वक़्त नहीं है।

चलते हुए ज़ोहरा आब्दीन ने उसे एक बेहद ख़ूबसूरत लेसी नाइटी तोहफ़े में देते हुए कहा था, "ख़रीदी तो मैंने बड़े चाव से अपने लिए थी, मगर मेरे शौहर को इश्क़ के वक़्त भी पर्दादारी का लिहाज़ रहता है...तुम पहनना, सायरस बहुत रोमांटिक हो उठेगा।" ज़ोहरा खुलूस और प्यार से भरी थी।

"सायरस है कहाँ?" अचानक उसके मुँह से निकल गया।

"टकरायेगा...इन्तज़ार करो।" ज़ोहरा ने बड़े दुलार से कहा।

"जानती हो ज़ोहरा, अक्सर मैं तन्हाई में सोचती हूँ कि हमारा सम्बन्ध किसी क़ालीन की तरह पूरी दुनिया में बिछ गया था। जिस पर तरह-तरह के मसले में उलझे लोग आकर बैठते हैं, मगर एक वही है जो कहीं नज़र नहीं आता।" इतना कहते-कहते सुरभि की आँखें छलक पड़ीं।

"रो लो...जी भर कर रो लो...ख़ुशनसीब हैं वे जिनकी आँखें सावन की तरह बरस लेती हैं...मुझे तुमसे जलन हो रही है... दरअसल इश्क़ की असली तपिश तो तुम्हें सुलगा रही है...काश! यह आग मुझे चुटकी भर उधार दे सको..." इतना कह ज़ोहरा सुरभि के शाने पर सर रख कर फूट पड़ी।

सुरभि ने ज़ोहरा को लिपटा लिया।

आँसुओं से भीगे उनके गाल एक दूसरे से इस तरह चिपके थे कि आँसुओं का नमकीन पानी एक धार हो गया था।

जर्मनी से वह घर लौट आयी। उसके आने से माँ को बहुत सुकून मिला। डैड उसे देखकर रोने लगे। जिसका मतलब था कि जीवन पर से उनका विश्वास हिल-सा गया है। उसे रिपोर्टिंग के लिए बाहर जाना था मगर उसने ऑफ़िस से छुट्टी ले ली। दरअसल वह भावनात्मक स्तर पर टूट-सी गयी थी। इस बीच नौरुज़ आग़ा का फ़ोन मिला था कि अन्दलीप का ख़ानदान मुम्बई से

लौट आया है। अब आप जैसा हुक्म करें? उसने बिना देर किये अपना फ़ोन नम्बर उन्हें देने को कहा और इससे पहले कि वह खुद बेटे के लिए कुछ कहते उसने सारी मालूमात उन्हें दे दी मगर उधर से रूहाँसी सी आवाज़ आयी "ख़ानम...तश्क्कुर! अब तो ईरानी क़ानून के मुताबिक़ वह जेहादे साज़न्दगी गया...। ठीक है, खुश है...। कोई काम तो नहीं आपको? टेलीफ़ोन रखूँ,... ख़ुदाहाफिज़!"

सुरभि ने फूली साँस संयत की और दिल में सोचा जापानियों की तरह यह ईरानी भी औपचारिकता में थका देते हैं और साथ ही दिल भी लूट लेते हैं। अपनी भाषायी अभिव्यक्ति से...उसे याद आया कि पहली बार जब वह ईरान गयी, तब हर बात का अनुवाद गाइड या इंटरप्रेटर से सुनती थी। उस दिन दूतावास में डिनर था। अन्तरराष्ट्रीय स्तर के मेहमान मौजूद थे, जिसमें अक्सर सफ़ेद रंग वाले फ़ारसी बोल रहे थे।

उसने एक चीनी डिप्लोमेट की पत्नी की ड्रेस और पंखे की तारीफ़ की तो जवाब मिला।

"चश्मे तो कशंगे" यानी तुम्हारी आँखें ख़ूबसूरत हैं इंटरप्रेटर ने जब बताया, तब वह झेंप-सी गयी थी। बाद में और भी अनुभव हुए जैसे एक मेहमान ने प्लेट उठाते हुए कहा–

"बहुत लज़ीज था खाना"

''सरे शुमा दर्द न कुने यानी तुम्हारा सर दर्द न करे।''

पहले ने फिर जवाब दिया, ''दस्त व पंजे (हाथ और उँगलियाँ) शुमा दर्द न कुने'' अर्थात् तुम्हारे हाथ न दुखें। अपने यहाँ तो थैंक्स कहना भी अक्सर लोग भूल जाते हैं!

कुछ देर सुरभि ईरान की ख़्याली फिज़ा में किसी परिन्दे की तरह उड़ती रही फिर वर्तमान में लौट उसने बीमार बाप का हाथ सहलाया जैसे कह रही हो ''पापा आपने कैसे प्यार और केयर से हमें पाला है। दस्तो पंज-ए-शुमा दर्द न कुने...इन

थके हाथों को बताइए कैसे राहत दूँ? अब जल्दी से अच्छे हो जाइए...मम्मी का चेहरा देखा है?"

अपना गाल पिता की हथेली पर टिका सुरभि आँखें बन्द कर अपने जवान माँ-बाप के चेहरों में गुप हो गयी जहाँ दो चोटी उछालती वह उनके बीच फुदकती रहती थी।

सप्ताह भर पहले विजय अंकल का फ़ोन आया कि क्या वह ईरान आना चाहती है? एक डेलीगेशन भारत से ईरान आ रहा है। उसने इनकार कर दिया था। उस भटकन को दोहरा कर वह करती भी क्या? तब पापा भी अस्पताल में थे। वर्तमान से भटक सुरभि अतीत में लौट गयी।

हफ़्ते भर की छुट्टी उसने बढ़ा ली थी। दाहिने पैर के घुटने में उसे हल्का दर्द रहने लगा था। उस दिन तेहरान में गिरी नयी मुलायम बर्फ़ में उसके जूते फँस गये थे। न फुलबूट की वह जिप खोल सकती थी, न जूता वहाँ छोड़ पैर बाहर निकाल सकती थी, एक घुटना मुड़ा दूसरा अन्दर धँसा और औधी पड़ी वह...मजनूँ की बहन बनी हुई सायरस...सायरस पुकारती हुई।

उसे अपनी दीवानगी पर हँसी आयी मगर वह सिर्फ़ मुस्कुरा कर रह गयी।

मोर घटाएँ देख नमी सूँघ झूमता है। अपनी ख़ूबसूरत पंख खोल नाचता है और नाचते-नाचते जब उसकी नज़र अपने पैरों पर पड़ती है, तब उसका सारा नशा गुम हो जाता है। वही हाल मेरा है। खुश होती हूँ। उड़ान भरना चाहती हूँ, मगर बिना जोड़े के भी कोई उड़ान होती है?

रात नौ बजे उसका मोबाइल बज उठा। नम्बर नया था। "हलो, हाँ, हाँ मैं सुरभि...वही सुरभि बोल रही हूँ...अन्दलीप तुम कैसी हो और..."

"सायरस अब ठीक है। लन्दन में सूसन के पास है, अगले हफ़्ते वे सब लन्दन से अमेरिका गुलनार के पास जायेंगे...तुम्हें गुलनार का फ़ोन नम्बर दूँगी...मैं तुम से दिल्ली आकर ज़रूर

मिलती, मगर ख़ुदा की क़सम न पास में पता था, न फ़ोन नम्बर... बोलो...तुम कैसी हो?''

"अमित कैसा है...तुम्हारे बच्चे?"

"मैंने शादी नहीं की है...मैं माह भर पहले ईरान में थी।"

"तोरा ख़ुदा! सच!" अन्दलीप की हैरत में डूबी आवाज़ उभरी। फिर कुछ पल ख़ामोश रहने के बाद वह पूछ बैठी ''शादी...शादी क्यों नहीं हुई?''

''बस, नहीं हुई।''

"अच्छा! यह बताओ तुम्हारे दोनों बच्चे और शौहर कैसे हैं?" सुरभि ने बात बदली।

"सब ठीक हैं...शहाब भी हिन्दुस्तान घूम आया, बहुत याद किया तुम्हें, मगर न पुराना नम्बर मिला, न पते पर तुम मिली... अब ईरान कब आ रही हो?"

"जब सायरस लौट आयेगा अमेरिका से...तुम मेरा नम्बर ज़रूर सायरस को देना...भूलना नहीं...।

"ख़ूब! कारी न दारी जानम, ख़ुदाहाफ़िज़!" (कोई काम तो नहीं है अब!)

एकाएक फ़ोन बन्द हो गया। सुरभि अचकचा कर रह गयी। मिलाया तो मिला नहीं...ऐसा लगा जैसे आधी प्यास में ही किसी ने गिलास हाथ से छीन लिया हो। कुछ न बताया सायरस के बारे में...यह तक नहीं कि वह लन्दन अस्पताल में क्यों था? अन्दलीप मुझ से कुछ छुपा तो नहीं रही है?

शायद फ़ोन पर वह सायरस के बारे में बात न करना चाह रही हो! हाँ? एहतियात लाज़मी है। उसने अपने को दिलासा दिया।

बाल की खाल निकालना मुनासिब नहीं है।

इतने वर्षों बाद, उसी खुलूस से उसने बात की, यह क्या कम है?

इस बीच वक़्त ने कैसी करवटें ली हैं और समय की पटकनी की मार को तो वह खुद ईरान जाकर देख आयी है। महँगाई,

बेकारी, बीमारी, दिल और दिमाग़ की टूटन...साथ-ही-साथ हिम्मत, हौसला, जद्दोजहद, हाज़िरजवाबी और ख़ुशमिज़ाजी। वह जीतने के बाद भी हारी-सी बैठी रही।

अन्दर से किसी ने उकसाया...उठ नाच...नाच कर ख़ुशी मना आख़िर सायरस का पता चल गया न? वह इक्कट-दुक्कठ खेलने के अन्दाज़ में चिकने फ़र्श पर बिना सिटकी के कुछ दूर चली, ताकि कोई घर जीत सके। उस पर खड़िया से निशान लगा सके, मगर उमंग नहीं जागी। हज़ार सवाल नरकुल बन उग आये थे।

उनसे बाँसुरी की धुन नहीं निकल सकती थी।

भले ही छेदों से उसका सीना पुर है।

जो गम की धुन उससे फूटती है, उसे ज़माना क्या जानें?

उस धुन से आशना उसके कान तरस रहे हैं कि सायरस की आवाज़ सुन सके...

"तूई...सुरभि...?" (तुम्हीं हो न सुरभि?) उसने किस बेचैनी से पूछा था जब हिन्दुस्तान लौटकर उसने पहली बार सायरस को फ़ोन किया था।

"हाँ, मैं ही गुल ख़ानम, आप कैसे हैं?" उसने अंग्रेज़ी में पूछा था।

"नमी दुनम!" उसका फ़ारसी में दिया गया यह नन्हा-सा जवाब कि नहीं जानता मैं, हज़ार व एक दास्ताँ कह गया था, तब क्या वह उन दास्तानों की आँच को महसूस कर सकी थी?

आज कोई उससे पूछे, "तुम कैसी हो?" तो वही जवाब देगी।

"नहीं जानती कैसी हूँ।"

रेगिस्तान में फटक गया मुसाफ़िर कैसी-कैसी अनुभूतियों से गुज़रता है। शोला, सोजिश, तड़पन, लाल अंगारों का कभी राख में छिपना, कभी दमक उठना, ज़िन्दा को भी मुर्दा बना डालता है। उसके पास कोई ज़वाब नहीं होता कि मैं कैसा हूँ?

अन्दलीप से रूठी वह दरसअल अपने से रूठी रही। खाना फीका लगता और रोटी कड़वी। किसे जाकर सुनाये अपना हाले दिल कि जब कोई मिलकर भी न मिले, तो कैसा लगता है।

खाने के बाद जब दोनों सहेलियाँ पास-पास लेटीं तो रेखा ने पूछा, मम्मी पापा के साथ साँप-सीढ़ी खेलते हुए जब किसी की गोट को साँप निगलता या फिर वह सीढ़ी से फिसल नीचे गिरता तो उसे पहले की तरह हँसी नहीं आती थी। वह ज़्यादा संजीदा हो जाती, हारने की चोट को खेल-खेल में नहीं, अब बड़ी गम्भीरता से लेती और उदास हो जाती। उसकी मौजूदा मानसिकता के अनुसार एक ही खेल उसे आता था, वह था कैरमबोर्ड...शतरंज की मात और ताश के पत्ते बुरे लगते। मम्मी को लगता कि सुरभि का चिड़चिड़ापन दरअसल उसका लम्बे अरसे से घर में रहना है। उसे ड्यूटी ज्वाइन कर लेनी चाहिए। चेहरे पर हमेशा बारह बजे रहते हैं—कुछ पूछो तो ऐसा चौंकती है, जैसे वह यहाँ थी ही नहीं।

अमित के बाद कई लड़कों ने व्यक्तिगत स्तर पर और अनेक परिवारों ने सम्बन्ध के स्तर पर अपने बेटों से नाता जोड़ना चाहा था। शुरू में, अमित से शादी टूटने के बाद वह नये रिश्तों के प्रति दिलचस्पी दिखा ज़रूर रही थी फिर एकाएक जाने क्या हुआ हर बात से इनकार, हर लड़के को रद करने लगी। बस एक बात की धुन सवार थी कि मुझे ईरान जाना है, उसकी बेतुकी बात सुन सब कह उठते, अरे जाओ न किसने रोका है तुम्हें? पूरी दुनिया घूम रही हो, दो बार ईरान हो आयी हो, तीसरी बार और हो लो, मगर उससे शादी-ब्याह का क्या ताल्लुक़? हर लड़की घूम रही है, घर बसा रही है, बच्चे पैदा कर रही है। रेखा को ही देखो, अन्दर-बाहर सब कुछ सँभाले हुए है। यह हमारी बेटी जाने कौन सी अनोखी चाल चल रही है।

माँ ऊपर से जितना मीठा बोलती थीं, उतना ही सुरभि को लेकर अन्दर से कड़वाहट उनके अन्दर भरी हुई थी। उन्हें सुरभि की कोई बात आजकल नहीं भाती थी। ऊपर से पति बीमार क्या पड़े, उनका सम्पूर्ण व्यक्तित्व बदल कर रह गया है। हर बात पर ग़ुस्सा, हर बात पर एतराज़, बाहर वाला कोई आया नहीं कि वह सहज बन जायेंगे और बात करेंगे, हँसेंगे नहीं तो मुस्कुरायेंगे, मेरा यह घर अब मुझे पराया लगने लगा है और अपना मर्द बेगाना। ऊपर से मेहमानों की भरमार। बहाना है देखने का मगर रोगी की सेवा की जगह दिल्ली घूमने में अपने को इतना थका डालते हैं कि किचन में हाथ बँटाना मुश्किल होता है।

"अब रेखा आ गयी है। उससे कहती हूँ कि समझा अपनी बचपन की सखी को, अगले साल पूरी चौंतीस की हो जायेगी ...चलो अच्छा है कि अभी लगती तीस, इकतीस की है, यही खेलने-खाने के दिन हैं। कोई पूछे तो क्या बुढ़ापा बच्चे पैदा करने के लिए बना है? सच पूछो यह पत्रकारिता ही बड़ी बेकार नौकरी है। हर दिन मर्दों से मिलते-मिलते मर्द का आकर्षण ख़त्म हो जाता है और वह भी लड़कियों को अपनी तरह लगने लगता है।" बड़बड़ाते अन्त तक आते-आते वह हँस पड़ी। पड़ोस के लड़के याद आ गये। कान में बाली, हाथ में कड़ा, शाने पर डुपट्टा और भवे बनाना और मुँह की मालिश के साथ हल्की लाली...मर्दानगी ...आख़िर आज के सन्दर्भ में बदलकर रह गयी है।

"सुनो...रेखा...माना हम बहुत तरक़्क़ी कर गये हैं, थाली की जगह प्लेट, आसन की जगह मेज़-कुर्सी, हिन्दी की जगह अंग्रेज़ी मगर अभी विवाह संस्था तो क़ायम है न—तुम्हारी सखी का जो भी इरादा है उसे कर डालें...मैं कब तक इन्तज़ार करूँगी?"

"अरे ऑन्टी। अच्छा तो है कुछ दिन उसे उड़ने दो वरना मेरी तरह बस काम, काम और काम। ज़िन्दगी का कोई मज़ा नहीं,

तरस जाती हूँ भरपूर नींद के लिए...रेखा इतना कहते-कहते हँस पड़ी और सुरभि के साफ़ सुथरे बिस्तर पर लेट गयी।

"मैं खाना ला रही हूँ तब तक सो न जाना।" कहती हुई सुरभि की माँ कमरे से निकली।

खाने के बाद जब दोनों सहेलियाँ पास-पास लेटीं, तब रेखा ने पूछा, ''मुझे कुछ किताबें चाहिए...और हाँ, तुम विदेश मन्त्री के डिनर पर क्यों नहीं आयी? तुम्हारी कमी सबको महसूस हो रही थी। 'न्यूडेज़' मैगज़ीन की कवर स्टोरी पढ़ी?''

"कुछ और बात कर रेखा जो दिल बहले।"

"कोई फ़िल्म देखी इधर?"

"नहीं, कुछ अच्छा नहीं लगता, दिल हर चीज़ से उचाट हो चुका है...क्या चाहती हूँ, कहाँ जाना है, यह तो मैं ख़ुद नहीं जानती अजीब-सी घबराहट लगती रहती है।"

कमरे में कुछ पल ख़ामोशी छायी रही।

"ऑन्टी भी परेशान थी। वह चाहती है तू शादी करके घर बसा ले।"

"बड़ी पुरानी धुन सुनाई तूने तो...चाहती तो मैं भी हूँ...जब दूल्हा मिले तब न? ढूँढ़ रही हूँ पिछले कई वर्षों से...काश! मेरे पास अलादीन का चिराग़ होता तो मैं उसे घिसती, ग़ुलाम हाज़िर होता और मैं दुनिया की भीड़ से उसको उठवा लेती।"

"उसको भूलती क्यों नहीं हो तुम?"

"भूल जाऊँगी, बिल्कुल भूल जाऊँगी, मगर उससे एक बार मिलने के बाद।"

"वह क्यों?"

"मेरा जो सम्बन्ध उससे बना है, उसे मैं झटक नहीं पा रही हूँ दिल व दिमाग़ से, जानना चाहती हूँ उससे मिलकर कि आज उसके दिल में क्या है?"

"गूगल है न...फ़ोटो, नाम...अभी इतना ही कह पायी थी रेखा कि एकाएक तमक कर उठी सुरभि और बोली, "आज पूरे तीन दिन गुज़र गये हैं। ईरान से अन्दलीप का फ़ोन आये...

"वंडरफुल! फिर?"

"उसने बताया कि सायरस लन्दन में है फिर वह अमेरिका गुलनार अपनी बड़ी बहन के पास जायेगा। उसने गुलनार का फ़ोन नम्बर देने की बात कही, मगर सायरस के बारे में चुप ही रही, पता नहीं कुछ छुपा रही थी या फिर फ़ोन पर विस्तार से बात नहीं करना चाहती हो...अब फ़ोन उसका स्वीच ऑफ़ आ रहा है...ऐसे में पागल न होऊँ मैं तो क्या करूँ?"

"ईरान हो आओ!"

"नहीं...पापा को इस हालत में छोड़कर नहीं जा सकती हूँ।"

"एक रात के लिए भी नहीं?"

"नहीं...इन्तज़ार तो सायरस का कर सकती हूँ, मगर पापा को खो नहीं सकती हूँ...मेरे पीछे अगर कुछ हुआ तो मैं अपने को माफ़ नहीं कर पाऊँगी। डॉक्टर कह चुका है अगला अटैक...।"

"शुभ-शुभ बोल, सुरभि!"

"माँ को पता है या नहीं, मुझे नहीं मालूम, न ही मैंने यह उनसे डिस्कस किया है। वह वैसे ही बहुत परेशान है। जो कुछ उन पर टूटने वाला है वह...ख़ैर छोड़ रेखा...सायरस बहनों के पास है यह ख़बर अपने में सुकून देने वाली है। कम-से-कम जेल में या कहीं ऐसी जगह नहीं है जो मुझे रोने पर मजबूर करता, मगर उसकी ख़ैरियत की कोई ख़बर नहीं है। वह अस्पताल में था। क्यों था, किसलिए न अन्दलीप ने बताया, न संकेत दिया। मेहरमाह के पिता से सिर्फ़ पूछ सकती हूँ, मगर उनसे डिटेल बात करने का कोई कारण तो हो।

"तुम्हारी यह सारी बेचैनी, यह सारी बेक़रारी का उसे ज्ञान नहीं, ट्रेजडी तो यही है।"

"दिल तो कहता है कि वह मुझसे ज़्यादा मेरे लिए बेचैन है। अब वे सारी गुज़री मुलाक़ातें, वह सारी बातें ज़्यादा अर्थपूर्ण हो उठी हैं फिर वह रात...उस रात उसने ऐसा कुछ कहा था, जो मुहब्बत की ऐतिहासिक किताब पर भले ही एक नोट की तरह दर्ज हो, मगर वह उसके अरमानों की गहराई का ऐसा समन्दर था, जिसे सिर्फ़ और सिर्फ़ मैं महसूस कर सकती हूँ, क्योंकि मैं उसमें पूरी-की-पूरी नहायी थी। आज भी उसमें डूबी हुई हूँ...।

"अगर तब अमित से शादी हो जाती तो?"

"पता नहीं...?"

"शादी का मतलब था नया मोड़, मगर तुम तो...कितने अच्छे-अच्छे ऑफ़र आये लेकिन तुमने तो..."

"सच कहती हूँ रेखा, मैंने पूरी ईमान्दारी से काम लिया था, मगर अमित ने मुझे बताया कि मैं उससे प्यार करती हूँ। उसने कहा था, जब भी तुम मुझसे ईरान रहते हुए बात करती थीं तब मेरे बारे में जानने की जगह उसकी बातें करती थीं। हम पत्रकार काम को लेकर एक दूसरे प्रशंसा करते हैं। हँसते, बोलते हैं, साथ-साथ यात्राएँ करते हैं लेकिन अपनी-अपनी बाउंडरी वाल में। यदि वह मुझे उस समय सँभाल लेता तो...सायरस को लेकर मेरे दिल में ख़लिश न होती। एक टीस, एक चुभन जैसे प्रश्न का सही उत्तर समझ में न आये।" इतना कह कर सुरभि चुप हो गयी।

"कैसे फँस गयी हो तुम? इस भूलभुलैया में?" रेखा ने उसका हाथ सहलाया।

यह भी सच था कि मैं सायरस को पसन्द करती थी। एक अच्छे इन्सान की तरह शादी तो अमित से होने वाली थी। बस कार्ड ही तो नहीं बँटे थे। वह ज़िन्दगी का किनारा छूटा और जो मैं माँ, पापा के ख़्याल से शादी कर लूँ तो डरती हूँ कि कभी सायरस से टकरा गयी और एक और सच पता चला, तो फिर ज़िदगी ज़हर हो जायेगी। इसलिए मुझे हालात की नदी में तैरने दे और दूसरा किनारा पकड़ने दो।" सुरभि ने कहा।

"तेरी बातें बहुत ख़ूबसूरत लगती हैं मगर..." रेखा कह उठी।

"मगर-वगर जैसे शब्द मेरी ज़िन्दगी के शब्दकोश में बाक़ी नहीं बचे हैं वहाँ सिर्फ़ सायरस और सायरस से जुड़ी बारीक-से-बारीक यादों का अक्स उसमें झिलमिलाता है क्योंकि वह मुझे से पल भर के लिए दूर नहीं हुआ, मेरा रोयाँ-रोयाँ उसके नाम का जाप करता है। मेरे ख़ून की हर गर्दिश में वह मौजूद है ठीक सूर्य मण्डल की तरह जो सूरज का चक्कर लगाता है। वह मेरी ज़िन्दगी का सूरज है...तुम्हें यह बकवास लगती होगी तो लगने दो मगर मेरे लिए यह एक ऐसी आसमानी किताब है जिसमें इश्क़-सिर्फ़-इश्क़ का पाठ है।"

"ऑन्टी तेरी ज़िन्दगी में ऐसे सपनीले शब्दों का यथार्थ देखना चाहती हैं और..."

"एक जवान औरत की चाहत का वेग देखा है जब उसे मर्द चाहिए होता है उसका स्पर्श, उसकी गन्ध, उसके बदन की ऐंठन...जब वह नहीं मिलता तब वह तूफ़ान शान्त करना उसी के वश में होता है इस पीड़ा से मैं गुज़रती हूँ, माँ नहीं, मुझे सिर्फ़ मर्द नहीं मुझे अपनी पसन्द का मर्द चाहिए। मुझे सायरस चाहिए ...सिर्फ़ सायरस...बाक़ी सब फजूल, बेहूदा, बदरंग, बदशक़्ल है।

सुरभि ने एक लम्बी साँस भरी और आँखें बन्द कर लीं।

"मेरे हाथ से नदी का दूसरा किनारा छूट जायेगा। फिर मैं अपने को बहाव के हवाले कर दूँगी। वह मुझे जहाँ ले जाये।" सुरभि ने काँपती आवाज़ में कहा।

रेखा का दिल तड़प कर उसकी आँखों में झाँकने लगा। उसने आँसू रोक सहज स्वर में पूछा, "जो वह मिला और शादीशुदा हुआ तो...?"

रेखा ने सुरभि का चेहरा देखा जहाँ बन्द पलकों से आँसुओं का झूमर लटक रहा था

पन्द्रह दिन बाद जब अमावस्या का अँधेरा छाया था। तब दो औरतों को बिलखता छोड़कर सुरभि के पिता ने हमेशा के लिए आँखें बन्द कर लीं।

जो भय रात-दिन दोनों को लगा रहता था। उससे दोनों मुक्त हुईं। अब सिर्फ़ एक पीड़ा झेलनी थी कि एक लम्बा समय जिसके साथ गुज़ारा उसके बिना कैसे जीवन गुज़रेगा।

विजय कुमार सुनन्दा ऑन्टी के साथ आये थे।

आने-जाने वालों का ताँता लगा हुआ था।

रेखा माँ को देख रही थी जो धैर्य और शालीनता के साथ सब कुछ सँभालने में लगी थी कि कहीं कुछ कमी न रह जाये, कहीं कोई चूक न हो जाये। पापा माँ के लिए इतना सुरक्षित कर गये थे कि उन्हें आर्थिक रूप से किसी का मुँह ताकना नहीं था। भारतीय समाज में सारी एडवांस सोच के बावजूद लड़की का बाप शायद अपनी हक़ीक़त जानता है कि बुढ़ापे में भले ही किसी एक को अपने सहारे रहना है, मगर पत्नी का हर प्रकार से स्वावलम्बी बना कर जाना पति का कर्तव्य है।

अमावस्या का अँधेरा ग़ायब था और आसमान पर चाँद निकल आया था। इस बीच माँ-बेटी और क़रीब आ चुकी थीं। एक दूसरे का सहारा जो थीं।

ऑफ़िस से लौट कर वह गर्म चाय की प्याली के साथ अपनी थकान उतार रही थी। तभी पास पड़े मोबाइल ने संकेत दिया। कोई नम्बर था सन्देश की जगह। अन्दर से आवाज़ आयी यह नम्बर हो-न-हो गुलनार या अन्दलीप का है। चेक किया तो शक सही निकला। उसने खट-खट दोनों नम्बर मिलाये लेकिन निराशा हाथ लगी। झुँझला कर बोली अन्दलीप नहीं चाहती कि अकारण फ़ोन पर गुफ़्तगू की जाये मगर गुलनार? उसने गुलनार का नम्बर

आख़िरी बार मिलाया और दिल पर पत्थर रख कर बैठ गयी और चाय का घूँट भरने लगी।

उसके सामने अन्दलीप का घर उभरा।

घर ख़ाली था।

शावर के नीचे वे दोनों एक साथ खड़े थे।

इश्क़ की अठखेलियाँ थीं या इश्क़बाज़ी की वह लज़्ज़तें, जो मूर्तिसाज़ ने पत्थर की शिला को आकार दे खजुराहों में बदल डाला था। गर्म पानी ख़त्म हो गया था। टैंक ख़ाली। तब गुलाबी आँखें आपस में टकरायी थीं। वक़्त कितना गुज़र चुका है इसका अहसास जागा।

इन गुज़रे सालों में उसने क्या जिया और क्या ख़्वाब में देखा, सब गड्डमड्ड हो चुका है। ठीक उसी तरह जैसे मुहब्बत की मियाद छोटी-सी होती है मगर तमाम, उम्र उस याद के सहारे इन्सान जी लेता है। उसने गहरी लम्बी साँस ली।

"भूलना चाहूँ तो भूल नहीं पाती, ज़हन के ख़ाली आसमान पर जाने कहाँ से चीख़ता कोई परिन्दा, पंख फड़फड़ाता गुज़र जाता है।"

सुरभि ने कन्धे झटके और बिखरे बालों का जूड़ा बनाया।

"घने बालों का तुम्हारा यह आबशार...तुम चलती हो तो इसके बल खाये गुच्छे गिरते पानी की तरह तुम्हारी कमर को किस तरह आहिस्तगी से छूते हैं।"

उसने चाय का जूठा प्याला और ज़हन व दिन को बाँटने के लिए किचन में जाकर कुछ पकाना चाहा, अभी चन्द क़दम ही उठे थे कि फ़ोन बज उठा। उसने फ़ोन बजने दिया।

"होगा बॉस का या किसी कुलीग का...।"

"और जो..." इस ख़्याल के आते ही वह उलटे क़दम लौटी और लपक कर फ़ोन उठाया। नम्बर देखते ही बटन दबा।

"आलो..."

"हलो..."

"तुई...सुरभि ख़ानम?

"बले...मन सुरभि हूँ।''

"कैसी हो जाने सायरस?"

"ठीक हूँ और तुम?"

"गुजश्त हर चे बूद...दास्तानें तूलानीअस्त! बेगू बेबीनम शब और रूज़ तो चेजूरी गुजाश्ती जानम।" (गुज़र गया जो था...दास्तान लम्बी है...तुम सुनाओ तुम्हारे रात दिन कैसे है?)

"बस मेरा वक़्त भी गुज़रा मगर बड़ी धीमी रफ़्तार से...इस बीच तुम्हें ढूँढ़ने ईरान गयी। भटकते-भटकते नौरूज़ आग़ा से टकरायी...।"

"बारिक अल्लाह...उ ज़िन्देअस्त...? चेखूब।" इतना कह हँसा! (ख़ुदा का शुक्र...वह ज़िन्दा हैं? बहुत ख़ूब।)

"उसने अन्दलीप के घर का पता दिया और तब मैं तुम्हें दुबारा पा सकी...कितने साल गुज़र गये।" इतना कह सुरभि सुबक पड़ी।

"गिरया न कुन...सुरभि अपने आँसू पोंछ लो, मैं तुम्हारा रोना सहन नहीं कर पा रहा हूँ...इन गुज़रे दिनों मैं बहुत कुछ सहा है...बहुत देखा अब तुम मिली हो तो हँसो...मैं तुमसे मिलूँगा...। कुछ काम तो नहीं है फ़ोन रखूँ...तुम्हारे चेहरे का बोसा लेते हुए ख़ुदाहाफिज़!"

दिल कानों में धड़क रहा था।

कैसे यक़ीन करें यह सायरस था?

मगर इतनी मुख़्तसर बात इतनी लम्बी जुदाई के बाद?

ग़ुलाब की महक से जहाँ वजूद गमक उठा था।

वहीं एक काँटा दिल में चुभ गया।

अधूरापन, अनबुझी प्यार, रेतीली आँधियों का जोग बैठा गया।

आँखों से आँसू ही नहीं गिरे, हिचकियाँ बँध गयीं। दिल तड़प उठा कि ख़ुद को पीटे या पटके...यह अमृत था या तेज़ाब!

कई दिन इतमीनान-भरी उदासी के गुज़र गये।

दिमाग़ के मना करने के बावजूद उसने फ़ोन मिलाया।

"मैं फ़ोन मिलाने वाला था। हाँ, कैसी हो, सेहत तुम्हारी ठीक है और अमित कैसा है...बच्चे?"

"पता नहीं?"

"क्या मतलब,"

"हमारी शादी टूट गयी। जब उसे बताया तब उसे वह सच बर्दाश्त नहीं हुआ और मैं।"

उसके लिए दुख अब क्या मानना गुल ख़ानम जो इतना तंग दिल हो, उसे वलिशकुन (छोड़ दो)।

''मैं एक बात बताना चाहती थी।'' सुरभि की आवाज़ करेंट की थरथराहट की तरह ख़ुद उसके क़ाबू में नहीं थी।

''बोलो क्या हुआ?''

''नहीं, वह...वह सोहराब जो हमारे तुम्हारे न रहने पर, 'अहरीमन' से जंग करता अच्छाई, बुराई की आपसी टकराहटों में तना खड़ा होता...वह सोहराब...'' इतना कह सुरभि सिसक पड़ी।

''बेगू...बोलो!''

''मैं तहमीना नहीं बन पायी।'' इसके बाद फ़ोन कट गया। यह कहते हुए, ''अच्छा मैं फ़ोन रखता हूँ...यहाँ फ़ोन टेप होता है फिर करूँगा।

कुछ घण्टों बाद दोबारा फ़ोन आया।

"सुनो गुल ख़ानम! उदास मत हो। जो छूटा वह छूटा उसे भूल जाओ जो मिला उसे सँभालो। इन गज़रे दिनों, महीनों में क्या

नहीं देखा। सब साथियों व दोस्तों को मरते और वतन छोड़ कर जाते देखा। ख़ून-ख़राबा देखा। कुछ नहीं बचा, पहले जैसा कुछ भी नहीं है और वह जो चाहा उसका कहीं पता नहीं फिर भी मैं मज़बूती से खड़ा हूँ।"

"हाँ सायरस।"

"मैं दमावन्द हूँ और तुम हिमालय फिर यह कैसा पिघलना। अपने को कमज़ोर मत करो...इन्सान को छोड़ो, इस दुनिया को देखो...अरे दूसरे मुल्कों को देखो, कितने बच्चे क्लस्टर बमों की लोरी सुन सोते में चले गये। कुछ डर कर हार्टअटैक से, कुछ पिघले गोश्त के दरिया में, जो बचे हैं, यतीम और यसीर हैं। उनके माँ-बाप हम हैं। उनके लिए दुआ करो कि वह दिल और दिमाग़ से सालिम हों और बदले की जगह माफ़ी के फलसफे को अपनाएँ... हँसो, एक सोहराब नहीं, सैकड़ों सोहराब की माँ तुम बन चुकी हो

इतना कह कर वह खिलखिला पड़ा। सुरभि भी हँस पड़ी।

उसकी तसल्लीबख़्श बातों ने सुरभि के दिल से ग़म का गुबार धो दिया।

वह मुस्कुरायी फिर धीमी आवाज़ में हँस पड़ी।

अपना ख़्याल रखना, हम जल्दी ही मिलेंगे।

सुरभि को याद आया सायरस ने उससे कहा था कि मैं बचपन में एक ख़्वाब बार-बार देखता था कि मैं सिन्धु और सुमेरियन वैली में घूम रहा हूँ। सामान से भरे क़ाफिले रास्ता तय कर रहे हैं। जानवरों पर लदा सामान आ रहा है, जा रहा है और मैं भी साथ-साथ चलता जा रहा हूँ। एक दिन परेशान होकर मैंने अपने दादा से कहा, जब वह मुझे क़ुरान पढ़ा रहे थे। मेरी बात सुनकर वह चुप हो गये फिर धीरे से बोले, ''ज़मीन तुम्हें पुकार रही है।'' उनकी बात मैं समझ नहीं पाया था तब।''

कुछ पल ख़ामोशा रहा, फिर वह कह उठा, "जानती हो, सुरभि! हर पीढ़ी नया कुछ अनुभव करना चाहती है जैसे वक़्त का पहिया आगे दौड़ता है। मेरे दादा मज़हबी थे। उनका ईमान ख़ुदा पर था। मेरे बाबा उन्हीं पर गये थे। मेरे दोनों चाचा बचपन से डॉ. मुस्दिक़ के दीवाने थे और मैं साम्यवादी...हम तीनों अपनी-अपनी तरह से मुल्क के लिए सोचते रहे मगर कुछ न बदल पाये। ये बिगड़ैल सत्ताधारी अचानक जाने कहाँ से आ जाते हैं और सब कुछ सत्यानाश कर बैठते हैं। अक्सर मैं तारीख़ के दरीचों में टहलता हुआ सोचता रहता हूँ...सच सुरभि, मैं थका नहीं हूँ बल्कि ताज्जुब करता हूँ कि इन्सानी मुसीबतें क्या कभी ख़त्म हो पायेंगी?"

देश में चुनाव की गहमागहमी शुरू हो गयी थी। सुरभि को साँस लेने की भी फ़ुर्सत न थी। कई जगह जान के भी ख़तरे थे। माँ का आधा वक़्त पूजा-पाठ में गुज़रने लगा था, अकेले घर में करती भी क्या? शाम को सुरभि का समय पर घर लौटना नहीं हो पाता था। वह कभी आधी रात, तो कभी पौ फटने के क़रीब थकी-हारी लौटती और जो आसपास के शहर जाना होता तो सुबह बेटी का मुँह भी देखना नसीब न होता। अब वह बेटी से न किसी बात की ज़िद करती न दबाव डालती। उनको अब सुरभि को दोहरा प्यार देना था! घर में इस कारण शान्ति रहती।

रेखा से आज कई सप्ताह बाद ऑफ़िस में मुलाक़ात हुई तो पता चला कि उसके बेटे को टायफायड हो गया है। शौहर ने छुट्टी ले ली है। सुनकर उसे अच्छा भी लगा कि कम-से-कम बच्चा पापा के साथ है। बुरा इसलिए लगा कि वह इस भागदौड़ के बीच उसे देखने का वक़्त नहीं निकाल सकती।

जब वह रिपोर्ट लिखने में व्यस्त थी तब सायरस का फ़ोन आ रहा था जो उसे सुनायी नहीं पड़ा। घण्टे भर बाद जो फ़ोन ड्रावर से निकाला तो पता चला पूरे सत्तरह मिस काल थे। उसने मगन हो फ़ोन मिलाया।

"हाय, हाऊ आर यू?" वह चहकी।

"फाइन...व्हाट अबाउट यू जानम?"

"वेरी बिज़ी...रिपोर्ट अभी लिखकर ख़त्म की तो...और तुम क्या कर रहे हो कोई नयी नज़्म लिखी?"

"हाँ, लिखी है तुम्हें फ़ुर्सत हो तो सुनाऊँ अभी?"

"क्यों नहीं?"

"लगता है फ़ारसी तुम्हारी पहले से मोहकम हुई है...?"

"हाँ, तुम्हें अकेले ईरान की सड़कों और दिल के आँगन में नहीं ढूँढ़ा, बल्कि उन सारी किताबों में भी जिसका नाम तुम लेते थे। इसलिए फ़ारसी को बेहतर होना था। तुम्हारी अंग्रेज़ी भी काफ़ी सुधरी है।"

"लन्दन और अमेरिका में रहने के चलते प्रैक्टिस में रहा न वरना ईरान में आपस में कोई अंग्रेज़ी नहीं बोलता।"

"तुम्हारी मामान कैसी हैं?"

"नब्बे साल की हो रही हैं। मग़रूर और ख़ुद्दार इतनी है कि अकेले रहती हैं ख़ुद खाना पकाती हैं और एबादत करती हैं बस रात को मोहल्ले की चन्द औरतें सोने के लिए आ जाती हैं।"

"अच्छा है...कब तक अमेरिका में रहोगे?"

"देखो...तुम क्यों फ़िक्रमन्द हो रही हो मैं बिल्कुल ठीक हूँ... तुम कुछ ज़्यादा ही मुझसे लगाव रखती हो।" इतना कह वह हँसा तो सुरभि भी हँस कर बोली।

"अपने बारे में क्या ख़याल है?"

“किसी फोकलोर की तरह हमारा यह जज़्बा...वक़्त के साथ सीना व सीना चलेगा। भले ही हमारा नाम न हो मगर उस क़ाफ़िले में हम शामिल रहेंगे।”

“कहाँ-से-कहाँ पहुँच जाते हो तुम!”

“सच हमारा रिश्ता उस बुनकर जैसा है जो पत्नी के दिये फूल को सदरी के पीछे छिपाये सालहा क़ैद में रहा, मगर उस फूल को शादाब रखा।”

“यह तो...अपना ख़्याल रखना फिलहाल बाय बाय!”

घड़ी पर नज़र पड़ते ही उसने हड़बड़ा कर फ़ोन काटा और पेज देखने तेज़ी से बढ़ी। उसके अन्दर बनफशई फूल की महक बस गयी थी।

पन्द्रह मिनट बाद जब वह लौटी तब शाम की कॉफ़ी के घूँट के साथ उसने फ़ोन मिलाया।

“सॉरी डियर...पेज देखना था, उसे प्रेस में देना था।''

“आलो...मैं समझा नहीं आप कौन हैं, सारी।” सायरस की आवाज़ सहज थी, मगर अजनबी-सी लगी उसे।

“ख़फ़ा हो गया, फिर मिलाती हूँ।” उसने नम्बर प्रेस किया।

''सायरस सुनो।''

“सायरस? मन सायरस नीसतन...(मैं सायरस नहीं हूँ।) आपका रांग नम्बर लग गया है...यहाँ कोई सायरस नहीं रहता।” फ़ोन कट गया।

“यह कैसे मुमकिन हो सकता है कि सायरस, सायरस न हो, नम्बर वही, चन्द मिनट में रांग नम्बर में कैसे तब्दील हो गया? ठीक है सायरस! तुम नखरे करो मैं भी मनाने वाली नहीं, जब नाराज़गी ख़त्म होगी, तब खुद फ़ोन कर लेना।” उसने फ़ोन ड्रावर में डाल दिया।

वह बनफशई फूल की महक से तर आहिस्ता-आहिस्ता क़दम रखती हुई सम्पादक के कमरे की तरफ़ बढ़ी। कल सुबह की उड़ान से उन्हें दिल्ली से बाहर निकलना था!

खाना खाते हुए सुरभि के हाथ रुक जाते थे! उसके कान बज उठते थे!

"गुल ख़ानम!, तुम कहीं भी रहो, लंच मेरे साथ करना, मैं ख़ुद तुम्हारे लिए ईरानी खाना पकाऊँगा।"

वह साथियों को छोड़ टैक्सी पकड़ती और उसकी छत पर बिछे दस्तरख़्वान पर जा बैठती। तब प्यार न था बस एक कशिश थी कि जिस देश पर शोध करता है, उस देश से कोई आया है। ख़ुद उसकी पसन्द यह थी कि वह एक शालीन, हमदर्द, मीठा बोलने वाले इन्सान के साथ है जिसके पास ग़ज़ब का ज्ञान था। जो किताबी न था, बल्कि उसके अपने नज़रिये का भी उसमें बड़ा दख़ल होता। वह बड़ा अच्छा दोस्त साबित हुआ था, तभी उनके बीच तेहरान से लौटने के बाद सिलसिला जुड़ा रहा था।

वह दोस्त, महबूब बना और अब वह पहचान नहीं रहा हैं?

आज कई हफ़्ते गुज़र गये हैं उसके फ़ोन को बन्द हुए। उसकी उँगली थक चुकी हैं फ़ोन मिलाते-मिलाते, पता नहीं क्या राज़ है?

गुलनार को अमेरिका में ढूँढ़ लेना कोई मुश्किल काम नहीं है। उसने लैपटॉप को खोलते हुए सोचा। मगर वहाँ जाकर जब कोई पहचानने से इनकार कर दे तो? अवसाद के किस गर्त में जाकर गिरेगी वह?

न चाहते हुए भी उसने अन्दलीप और रेहान को फ़ोन मिलाये। कामयाबी हासिल न हुई तो उसने आजिज़ आकर नौरुज़ आग़ा को फ़ोन मिलाया, उनसे हाल-चाल पूछ अपने दिल की भड़ास निकाली।

पापा को गये हुए दो साल गुज़र गये।

ज़िन्दगी उसी पुरानी रफ़्तार से गुज़र रही थी।

इन्तज़ार के सिवा उसके पास कोई चारा न था।

उसे फिर किसी करिश्मे का इन्तज़ार था, जो उन दोनों को फिर अचानक मिला दे। अक्सर वह उदासी की तहों के नीचे दब

जाती और सोचती 'आख़िर ज़िन्दगी मेरे साथ ऐसा बर्ताव क्यों कर रही है। लुका-छुपी का यह खेल बचपन में चोर-सिपाही का बनकर ख़ुशी देता था। यूँ ज़िन्दगी के मध्य में खड़े होकर अब एक दिशा तो तय कर लेनी चाहिए। कोताही किसकी है? उसकी, अपनी या फिर नियति की?

पुराने सामान को छाँटते हुए उसमें से आधी बची लिपिस्टिक उठा सूँघती, लगता तेहरान की शाम की गन्ध नथनों में भर उठी है। वह कपड़े पहनती जो पुराने पड़ गये तो उसे पहन उसका मूड पहले जैसा खेलन्दा बन जाता, मन उन्मुक्त, नीले आसमान पर उड़ने को तैयार और हर गम्भीर-से-गम्भीर बात उसे दुख पहुँचाने से पहले तितली बन उड़ जाती थी। वह उन सारी चीज़ों को छाँट न पाती और फिर सहेज कर रख देती।

सुरभि को याद आया कि सायरस की लाइब्रेरी में गांधी और नेहरू की कई पुस्तकें फ़ारसी में अनुवाद की हुई सजी थीं जिनकी तरफ़ इशारा करते हुए उसने कहा था, "अगर मुस्दिक़ का यूएस पेट्रोल होल्डिंग का नेशनलाइजेशन कामयाब हो जाता है तो आज ईरान एक दूसरा ही मुल्क होता मगर ब्रतानिया और अमेरिका ने उसका 'तख़्ता पलट' दिया और फिर से भागे रेज़ा शाह पहलवी को तख़्त पर बैठाया और प्रधानमन्त्री मुस्दिक को तीन साल जेल में रखा और फिर मौत तक उन्हें घर में नज़रबन्द रखा। अगर वे कामयाब हो जाते तो हमारे पास भी तुम्हारी तरह एक गांधी होता।" इतना कहकर वह रुका, फिर कहने लगा, "आज उनकी नेशनल़ फ्रंट के मेम्बर हैं ज़रूर मगर...छोड़ो यह सियासी बातें, कुछ इन्सानी बातें हम करते हैं!

"करो।" सुरभि ने हाथ में पकड़ी किताब को शेल्फ़ में रखते हुए कहा।

"वह दौर दूसरे महायुद्ध से निकल आने का समय था। रेज़ा शाह के लौटते ही नेशनल फ्रंट वालों की शामत आ गयी। जब

दुनिया या कोई मुल्क किसी मुसीबत की चपेट में आता है तब वहशीपन के साथ कुछ ऐसी कहानी छोड़ जाता है जो बरसों हमें याद रहती है क्योंकि हम उन्हें दोहराते हैं अपने ज़ख़्मों को सहलाने के लिए। ऐसी ही एक दुर्घटना थी जो हैदर अली रकाबी के साथ जुड़ी हुई है। बीस-बाईस साल का जवान, जिसे शाह के ख़िलाफ़ होने के कारण फाँसी की सजा हुई मगर इस शर्त पर उसे जेल से निकाला गया कि वह 24 घण्टे के अन्दर ईरान छोड़ दे। तब उसका कहा यह शेर पूरी नज़्म बन अवाम तक मजीद वफ़ादारी के ज़रिये पहुँचा। कई कहानियाँ और भी हैं। इस अरसे में सैकड़ों बार यह गाना गायकों ने गाया। यह भी कहा जाता है कि उसने ये शेर अपनी महबूबा के लिए कहे थे जिसने उसके साथ जाने या मुल्क छोड़ने से इनकार कर दिया था।

"मरा बेबूस।" सुरभि बोल पड़ी।

"तुम्हें कैसे पता?"

"अक्सर तुम गुनगुनाते हो तो लगा...पूरा याद हो तो सुनाओ?"

सायरस सुरभि की बात सुनकर बोला, "आपके दिमाग़ की तारीफ़ करनी पड़ेगी, फिर कह उठा, "उस दौर में जब नेशनल फ्रंट वालों की धर-पकड़ बड़े पैमाने पर हुई तब पास के लोग शमीरान के पहाड़ों पर बिखर गये और रात को आग जलाकर पैग़ाम देते कि 'हम हैं।' " इतना कह कर सायरस चुप हो गया।

"नज़्म सुनाओ सायरस।"

"ये सारे शेर जब म्यूज़िक के साथ गाये जाते हैं, तब ज़्यादा असर करते हैं। तो भी सुनाता हूँ। इसका पहला शेर उसने उस समय कहा था, जब उसे मौत की सजा दी गयी थी। बाक़ी शेर पहाड़ी पर पहुँचकर उसने कहे और भेजे थे।

मरा बेबूस बराये आख़रीन बार, तोरा ख़ुदा निगेहदार!
कि ख़ूम बे सुए सरनविश्त

मुझे चूम लो आख़िरी बार, मैं चला तक़दीर की राह
तुम्हें ख़ुदा के हवाले कर

बहारे मा गुज़श्त, गुज़श्तेहा गुज़श्त
बराये जुस्तजु-ए-सरनविश्त

हमारे बहार से भरे दिन गुज़र गये, जो था गुज़र गया
मैं चला क़िस्मत, जहाँ ले जाये

दरमियाने तूफाँ हम पैमान ब क़ायरानहा
बे नीमे शबहा दारम ब यारम पैमानहा

तूफ़ान के बीच वायदा है नावों से
आधी रात को दोस्तों से करता हूँ वायदा

कि बेफूरुज़म आतशहा दर कोहिस्तान
कि हम साथ हैं पहाड़ों पर आग जलाकर।

सुरभि का ज़हन भटक गया भारत के स्वतन्त्रता संग्राम के दिनों की याद में जब बग़ावत ने अपने पंख पसार दिये थे अंग्रेज़ों की गुलामी के ख़िलाफ़। अचानक उसकी आँखों के सामने फाँसी पर लटकते आज़ादी के मतवालों की तस्वीरें गुज़र गयीं जो उसने किताबों में देखी थीं। काला पानी की सजा काटते हुए क़ैदियों और उस खोपड़ी की याद आयी जो हवलदार आलम बेग की थी और बरसों बाद वह खोपड़ी किसी स्टोर में मिली थी, जिसका चमड़ा गर्म पानी डालकर उतार लिया गया था। कुछ दिन पहले किम ए वागनेर की पढ़ी किताब 'द स्कल ऑफ़ आलम बेग : द लाइफ़ एंड डेथ ऑफ़ रेबेल 1857' याद आ गयी तो सुरभि के सारे बदन में गिनगिनाहट-सी दौड़ गयी।

कुछ देर दोनों ख़ामोश रहे। एक अपने वर्तमान को लेकर तो दूसरा अपने अतीत को लेकर।

अतीत और वर्तमान के झूले में बैठी वह लम्बी-लम्बी पेंगे ले रही थी कि एकाएक फ़ोन की घण्टी बजी। यह घण्टी उसके

दिल में जलतरंग-सा बजा गयी। वह हल्की-सी उम्मीद के साथ उठी। नम्बर वही था जो उसकी धड़कनों में तपकन बन टीसता था। उसने हलो नहीं कहा। उधर से सायरस की बेचैन आवाज़ सुनाई पड़ी।

"तुम्हीं हो न गुल?

"हाँ, उसकी ठण्डी आवाज़ उभरी। वह लड़ना चाहती थी कि आख़िर यह क्या मज़ाक़ है जो इतने-इतने दिनों के लिए बिना कुछ कहे-सुने ग़ायब हो जाते हो। मुझे क्या समझ रखा है कठपुतली।

"बेगू बेबीनम हाले तो चतुर अस्त...हाऊ आर यू माई डियर...महसूस हो रहा है नाराज़ हो...मना लूँगा आख़िर तो हम मौलाना रूम और शम्स तबरेज़ी हैं अगर मैंने हिमाकत में कोई ग़लती कर दी है तो तुम शम्से तबरेजी न बनो...मेरा दीवान मुकम्मल हो गया। उसे मैं तुम्हें समर्पित कर रहा हूँ... मौलाना को जो उनसियत शम्स से थी वही मुझे तुमसे हैं...हम आईना-ए-बराबर हैं...

"छपेगा कहाँ?"

"तेहरान में...जल्द ही तेहरान पहुँचूँगा...जानती हो, इश्क़ एक सदा नहीं जिसमें हम तुम बात कर रहे हैं, वह आवाज़ भी नहीं जिसमें तुम बोलती हो, बल्कि यह नूर का ऐसा बिन्दु हैं, जो तुम्हारे वजूद के साथ मेरी रोशनी का हाला बन जाता है। सुरभि मेरे लिए हमज़ाद हो। हम साथ-साथ पैदा हुए हैं। सिर्फ़ जिस्म-नहीं-जिस्म से हम एक हैं। मैं तुम्हारे अन्दर तमाम जहाँ को देखता हूँ, क्योंकि तुम सारे जहाँ के लिए सोचती हो, तुम्हारी यह तलाश, तुम्हारी यह बेचैनी, मुझे तुम्हारी तरफ़ खींचती है। हम सिर्फ़ मर्द औरत नहीं हैं, बल्कि हमारे अन्दर जो मर्द औरत का हिस्सा मौजूद है वह एक हैं पूरा एक इन्सान...। जो क़लम और काग़ज़ से ताल्लुक रखता है और इल्म की जुस्तजू में फिरता अवाम के साथ साँस लेता

हैं...यक़ीन करो सुरभि आज हमें तुम जैसे दिमाग़ चाहिए...यह पूँजीवाद, यह हर तरफ़ शोषण और ख़ून-ख़राबा, यह कहाँ जाकर रुकेगा जब तक हम उसे रोक नहीं पायेंगे, मुझे यक़ीन है तुम जहाँ भी रहोगी हालात को बेहतर बनाने की कोशिश करोगी। तुम में हर चीज़ को सँवारने की ज़बर्दस्त ताक़त है।''

''सायरस प्लीज़ तुम्हारे टेक्स्ट में कहीं फुलस्टाप है?"

"समझा नहीं?" कह कर लम्हे भर रुका फिर क़हक़हा मार कर हँसा, "समझा! सुनने वाले मिलते कहाँ हैं, वह भी ऐसी बातें? तुम कहो!"?

"इतने दिनों...आई मीन इतने महीनों ग़ायब कहाँ रहे?

"परसों ही तो बात हुई थी...देखो गुल मैं मज़ाक़ करना नहीं जानता न मज़ाक़ समझता हूँ कुछ कहना है तो सीधे कहो न।"

"सीधे ही तो पूछ रही हूँ जाने मन। इतने महीनों मुझे भूले रहे, क्या कुछ लिख रहे थे? डॉ. ज़िवगो की तरह लारा के लिए कविताएँ या फिर सिर्फ़ कविताएँ?"

"मैं कहाँ ग़ुम हुआ था। यूँ तोहमत न लगाओ। तुम्हारे ख़्याल से एक पल के लिए भी अपने को आज़ाद नहीं पाता हूँ...हाँ, मैं डॉ. ज़िवागो से अलग हूँ। वह सारी ज़िम्मेदारी निभा कर लारा के लिए लिखता था और मैं तुम्हें साथ रखकर पूरी दुनिया के मसायल पर लिखता हूँ। मेरे हर लफ़्ज़, हर फ़िक्र में तुम मौजूद हो मगर''...कुछ देर ठहरा रहा फिर बेहद धीमी आवाज़ में बोला, "मैं अपनी कहानी का अन्त डॉ. ज़िवागो वाला नहीं देखना चाहता हूँ और न...यादम रफत...मैं क्या कह रहा था भूल गया?''

"यही कि मैं डॉ. ज़िवाग़ो वाला अन्त नहीं चाहता हूँ और न...।" सुरभि बोल ही रही थी कि उसने तेज़ आवाज़ में कहा, ''मुझे कुछ याद नहीं आ रहा हैं। और ख़ानम आप कौन हैं...और यह डॉक्टर ज़िवागो कौन है?'' ऐसा लगा सुरभि को जैसे फ़ोन सायरस ने नहीं किसी और ने बन्द कर दिया!

यह क्या भेद है? सुरभि सिहर कर रह गयी।

क्या सायरस की...नहीं, नहीं, फिर क्या हो सकता है आख़िर?"

सुरभि धप से दीवान पर बैठ गयी।

मज़ाक़ क्यों करेगा? सब कुछ मुझ से छुपाया जा रहा है।

"मैं किसी को माफ़ नहीं करूँगी।" इतना कह उसने फ़ोन मिलाया। घण्टी बजी।

आलो...हाँ, गुल ख़ानम! मैं कह रहा था कि मैं कालिदास के शहकार की शकुन्तला को नहीं भुला पाता, नहीं चाहता तुम्हें मेरी तरफ़ से कोई सदमा पहुँचे और तुम्हें अँगूठी दिखाना पड़े... तुम हमेशा अँगूठी पहने रहा करो, वह तुम्हारी हिफाज़त के लिए हैं...उस अँगूठी को हरग़िज़ मछली के पेट में नहीं जाने देना है...मैं तुम्हें आगोश में भर कर एवरेस्ट तक चढ़ सकता हूँ...सुनो...ध्यान से सुनो गुल! मैं जल्द ही तेहरान पहुँचूँगा। प्रेस में मस्वेदा देकर मैं हिन्दुस्तान आऊँगा...तुम चाहोगी कि हम गन्धर्व विवाह करें?

"एक शर्त पर?"

"वह क्या?"

"मेरी सारी सजावट तुम फूलों के ज़ेवर से करोगे।"

"बाशे...। मंजूर है...मेरे पास रवि वर्मा की बनाई शकुन्तला की तस्वीरें हैं। मैं तुम्हें उस तरह सजाऊँगा जिस तरह कालिदास ने शकुन्तला को सजाया था, लेकिन एक शर्त मेरी भी है...।"

"वह क्या है?"

"मैं राजा दुष्यन्त की तरह हरगिज तैयार नहीं होऊँगा, न कहलाना पसन्द करूँगा।"

"यह भी कोई बात हुई?"

"जब मैंने इसको अगुश्तरी-ए-गुमशुदा (खोयी अँगूठी) के नाम से इसका फ़ारसी अनुवाद पढ़ा था तब से मुझे वह किरदार नहीं भाता। तुम बताओ तुम्हें दुनिया के लिटरेचर में सबसे बढ़िया किरदार कौन-सा लगा...मैं वही बनूँगा।"

"यानी हम शादी कम फैंसी ड्रेस ज़्यादा करेंगे?"

"शोखी नीस्त...(मज़ाक़ नहीं) मैं संजीदा हूँ।"

"मुझे सोचने दो वैसे तो मुझे 'दी ओल्ड मैन एंड द सी' का जुझारू बुड्ढा बहुत पसन्द है। लेकिन तुम..." सुरभि को शरारत सूझी।

"तुम्हें सलाम करता हूँ, तुम्हारी लिटरेरी नज़रों पर कुर्बान। मेरे अन्दर वह बूढ़ा आज भी मौजूद है, जो मुझे ज़िन्दा रखे हैं। ख़ूब पहचाना तुमने मुझे, तुम वाकई सिजदे के क़ाबिल हो।"

सायरस का लहजा जज्बात की शिद्दत से लरज़ रहा था। गला भर आया था।

कुछ लम्हे ख़ामोशी में गुज़रे।

"मैं तुमसे फिर बात करूँगा...शायद आज रात ही को।" उसकी प्यार की शिद्दत में डूबी आवाज़ फ़ोन पर थरथराई।

चुनाव का नतीजा आया और हिन्दुस्तान में सरकार बदल गयी।

कहीं ख़ुशी, कहीं मातम छाया था।

इस हंगामे में सुरभि उलझी रही। यह भी भूल गयी कि रात को सायरस ने फ़ोन करने को कहा था। वह रात कई और रातों को लेकर इस तरह गुज़री कि सुरभि चन्द माह बाद उसकी अवसाद में डूबने लगी जिससे कुछ माह पहले निकली थी। अक्सर वह अपने से सवाल करती थी कि अचानक मौसम बदलने की गुत्थी क्या है?

"क्या क्रान्तिकारियों के साथ घर-बार की संगत नहीं बैठ सकती है?" "क्या कवियों को अपने अलावा कुछ नज़र नहीं आता?"

"या फिर यह सारा कसूर दो मुल्कों का है जो एक होकर भी दो हैं या फिर...या फिर...इत्तफ़ाक़ क़िस्मत या फिर कमअक्ली है कि हम इस दौर में प्यार को ढूँढ़ते हैं, जो मौजूद नहीं!

वक़्त किसी नटखट बच्चे की तरह कूद रहा था। खेल-खेल में वह महीनों आगे पहुँच गया। अब सुरभि डेली पेपर की पत्रिका

की सम्पादक बन गयी थी। काम की ज़िम्मेदारियों ने इश्क़ की बेल को लापरवाही के हवाले कर दिया था।

सच पूछो तो अब उसे तन्हा रहने की आदत-सी पड़ती जा रही थी। ऑफ़िस में वह पहले की तरह चुहलें करती नहीं फिर सकती थी न घर में लँगड़ी टाँग खेल सकती थी। बस तन्हा बिस्तर पर लेट मीलों का सफ़र करने में उसे मज़ा आता या फिर ख़ाली लम्हों में क्षितिज पर नज़र गड़ा पुरानी तस्वीरों को सजाने में।

फ़ोन आये या न आये, बात तो मिलने की है। स्पर्श की है। साँस-से-साँस मिलने की है, जब उसकी ही कोई लगन नहीं बन पा रही, तो फिर इधर-उधर जाकर भटकने और ख़ाली हाथ लौटने से फ़ायदा?

आग अगर दोनों तरफ़ लगी है, तो उसे टिकट ख़रीद हवाई जहाज़ में बैठते कितनी देर लगती है। पहला जैसा सियासत का नाग भी अब अपना फन फैलाये नहीं बैठा है! झिझक और सुस्ती किस बात की है? मैंने टिकट भेजने को कहा तो मना कर दिया। नौकरी है नहीं जो छुट्टी की झंझट हो फिर वह कौन-सी शक्ति है जो उसे मुझसे मिलने नहीं देती है।

बोलने में, जज़्बात की ऐसी शिद्दत कि नियागरा भी शरमा जाये और व्यावहारिक रूप में ऐसी सुस्ती जैसे सूखती नदी। मेरी ग़ैरत अब गवारा नहीं करती कि माँ को छोड़ कर जोगन बन जाऊँ। सच पूछो जिस तरह उम्र के ढलान का समय पास आ रहा है। उसी तरह संवेदनाएँ भी तो शुष्क होंगी। बदन अब पहले जैसा नहीं सुलगता मगर चाहत तो नहीं मरी।

रेखा ने उससे कई बार कहा कि इस दम तोड़ते क़िस्से को तू ही अपनी तरफ़ से अन्त तक पहुँचा दे। यूँ परदेसी पिया के नेह में न घुल एक बार यदि मौक़ा मिलता है तो ईरान जा और अन्दलीप से सब कुछ उगलवा ले या फिर गुलनार को वह हार

दिखा कर क़सम दे कि या तो इसको वापस लो या फिर सच बताओ कि तुम्हारा भाई आख़िर चाहता क्या है? औरत सिर्फ़ बातों से नहीं बहलती है...अगर तू नहीं जायेगी तो फिर मैं पहुँचती हूँ, यह मेरा फ़ैसला है!"

"तू ऐसा कुछ नहीं करेगी...मैं ही कोई रास्ता निकालती हूँ इस भूलभूलैया से निकलने की।"

"सच कह रही है?"

"वायदा, पक्का वायदा!" सुरभि ने अपने बालों को झटका और फ़ोन मिलाने लगी। रेखा उसे ग़ौर से देख ही थी। बालों का घन कम, गालों की हड्डी का उभार छुपा हुआ और आँखों के पास क्रोफीट की निशानदेही, होंठों के इधर-उधर चन्द लकीरें। सुरभि की त्वचा बेशक उसके चेहरे की खाल से उमदा तनी और चिकनी है, मगर उदासी उसे बुढ़ापे की तरफ़ तेज़ी से ले जा रही है। यह उम्र हर इन्सान की रीढ़ की हड्डी होती हैं यानी मेरुदण्ड का तना होना वरना तो केंचुए भी आख़िर जीते हैं।

चन्द रोज़ सुरभि काफ़ी बेचैन रही फिर एक दिन अचानक सायरस का फ़ोन आ गया। जैसे कुछ हुआ न हो उसके अन्दर का ग़म और ग़ुस्सा उसकी इन हरक़तों से खदबदाने लगा था, मगर वह ख़ामोश रही। उसने सायरस को बोलने दिया।

"कैसी हो गुल, मैं कल रात से तुम्हारे ख़्याल में डूबा था। चौबीस को हम तेहरान पहुँच रहे हैं। परसों मैं तुमसे कह चुका था। तेहरान पहुँच कर मैं तुम्हें फ़ोन करूँगा।"

"भूलोगे तो नहीं?"

कमाल है जानम! तुम्हें कैसे भूल सकता हूँ...? जानती हो तुमने एक बहुत बड़ी समझ मुझे दी हैं...इस दुनिया में ख़ून का रिश्ता बहुत अहम माना जाता है...बहन, भाई, बेटा, चाचा, माँ, बाप, फूफी न ख़त्म होने वाले रिश्ते हैं, लेकिन तुमने मुझे सिखाया कि एक रिश्ता दोस्ती का होता है, न पूरा बन्धन न पूरी तरह

आज़ादी, लेकिन उसके सहारे आदमी अपनी ज़िन्दगी को गिरवी रखे बिना जी सकता है। मैं जल्द ही फ़ोन करूँगा...शब्बा खैर!"

फ़ोन कट गया था। बिना उसके बाय-बाय के। वह क्या कहती इस विश्वास के सामने जहाँ बड़ों-बड़ों के दीन और ईमान ही सच थे। उसने आँसुओं को बहने दिया। रेगिस्तान में बारिश कम ही होती है, सो होने दो!

सप्ताह भी बाद फ़ोन आया।

"सुरभि, तुम जब गुलनार और अन्दलीप से फ़ोन पर बात करना तो अपनी पसन्द बता देना।"

"मेरे पास गुलनार का फ़ोन नम्बर नहीं हैं।"

"ऐ बाबा? यह कैसे? लो मैं एस.एम.एस. करता हूँ...फिर बात करूँगा, ठीक है!"

उसका एस.एम.एस. आया। दोनों नम्बर मौजूद थे, मगर उसने फ़ोन नहीं मिलाया। उसे पता था कि वह अन्दलीप से तो नहीं, मगर गुलनार से जी भर कर लड़ेगी। ऐसे में उसका फ़ोन पहुँच आग पर तेल का काम करेगा।

"तो मिलन की बेला आने वाली है...कुछ दिनों की बात है।" वह मुस्कुरा पड़ी। उसने रेखा को फ़ोन कर सारी बातें बताईं।

रेखा सिर्फ़ इतना कह कर रह गयीं!

"देखते हैं।"

दो दिन बाद उसने ऑफ़िस जाने से पहले अन्दलीप को फ़ोन मिलाया। वह हमउम्र थी फ़ोन उधर से उठाया गया।

"बेफ़रमाइद?" आवाज़ में रूखापन था। जिसकी उम्मीद सुरभि को न थी। वह झिझक-सी गयी। आगे बात करे या न

करे। फिर अपने को सँभाल कर बेहद प्यार से बोली, "अन्दलीप मैं सुरभि, तुम्हें सायरस की क़सम फ़ोन मत रखना।"

"सलाम, कैसी हो, बताओ क्या चाहती हो?" इस बार आवाज़ में नर्मी थी।

"हमारे ताल्लुक़ात क्या इतने हल्के थे कि हम एक दूसरे से कुछ छिपायें? दुश्मनों से सब कुछ छिपाया जाता है दोस्तों से नहीं...क्या बात है सायरस ठीक तो है?"

अन्दलीप कुछ बोली नहीं, मगर बेहद आहिस्ता-सी सिसकी सुनाई पड़ी। वह सँभल चुकी थी। आवाज़ को संयत बना कर बोली, "उस दमावन्द को क्या होगा, ठीक है! किसी पहाड़ की तरह..."

"फिर झूठ?"

"झूठ सुनना नहीं चाहती तो फिर पूछना बन्द करो...हम क्या करें अन्दलीप ने धीमे से कहा।

"मेरी ज़िन्दगी का सवाल है।"

क्यों, तुम्हारा घर है, बच्चे होंगे, तुम्हें सायरस की निजी बातों से क्या लेना-देना?"

"यक़ीन करो मैंने शादी नहीं की है। बताया तो था। वह रात, जिसकी तुम और तुम्हारी बेटी चश्मदीद गवाह हैं, क्या उसके बाद मैं अमित से शादी कर सकती थी?"

"क्या? तुमने...क़सम है जो यह सच मुझे पता हो या फिर किसी और को...बावर कुन।" (यक़ीन करो)

''सायरस ने भी नहीं?''

"नहीं जानम! नहीं बताया...बताता भी कैसे जब वह ख़ुद अपने में रहता!"

"यानी?"

''मत पूछ सुरभि जान!...दुख होगा...दुख!"

"वह मुझसे अलग नहीं है, तो फिर तुम मुझे उस दुख में शरीक क्यों नहीं होने देना चाहती हो?"

"बर्दाश्त कर पाओगी?"

"करूँगी...मैं ही कर पाऊँगी क्यों पिछले कितने साल मैंने सिर्फ़ बर्दाश्त ही तो किया है।"

"तो सुनो! सायरस का दिमाग़ धीरे-धीरे सूख रहा है।"

"नहीं, ऐसा नहीं हो सकता है अन्दलीप।"

"ऐसा ही हुआ है उसे अल्जाइमर की बीमारी डॉक्टरों ने बतायी है। लन्दन, अमेरिका के बीच वह कई साल से चक्कर लगा रहा है।"

"तेहरान आने वाला है?"

"शायद हाँ, शायद नहीं...कुछ कह नहीं सकती।"

"मैं फिर फ़ोन करूँगी, तुम्हें मेरी क़सम! बात ज़रूर करना।

"क़ौल देती हूँ।"

रात जब आयी तब आधा चाँद लेकर आयी।

दीवार पर चढ़ी जूही की बेल की नर्म शाख इस तरह धीमी हवा में हिल रही थी जैसे घड़ी की सुई सेकेंड को पार कर रही हो।

दिमाग़ में ईरान का एक दृश्य धुँधला-सा उभरा फिर वह साफ़ होता चला गया। चन्द लड़कियाँ किसी बड़ी बी को घेरे बैठी थीं। उनसे वामिक और अज़रा की प्रेम कथा सुन रही थीं। तभी एक लड़की आँसू पोंछती-सी उठी और पास की अलमारी से हाफिज़ का दीवान ले बुदबुदाने लगी। पता चला फाल देख रही है हाफिज़ की ग़ज़ल के शेरों में और इल्तेजा कर रही है शाख़े नबात से जो हाफिज़ की महबूबा के नाम से मशहूर है।

"शाखे नबात...या शाख़े नबात मेरा क्या होने वाला है?"

अचानक सुरभि ने घड़ी की तरफ़ देखा। घड़ी में ग्यारह बज रहे थे। फिर अपने कटे बालों को झटका और मोबाइल में फ़ोन नम्बर ढूँढ़ने लगी। "यह रहा" कहकर उसने बटन दबाया।

"यस, गुलरेज़ प्रेस अटाची दिस साइड!"

"गुलरेज़ आई एम सुरभि...सारी रात के ग्यारह बज रहे हैं।"

"जर्नलिस्टों की शाम की शुरुआत है...बोलो?"

"राना है? मुझे ज़रूरी बात करनी है!"

"यार! उस दिन ज़्यादा पीने वाली बात का ज़िक्र मत करना...बुलाता हूँ।" कह कर गुलरेज़ ने रिसीवर मेज़ पर रखा।

"गुड इवनिंग, हाऊ आर यू...? सुनो राना! फाल देख सकती हो?" सुरभि बोली।

"यस...यस मैं फाल देख सकती हूँ। तुम नियत 'शाख़े नबात' की बाँधो या 'शाख़े नबात' कह कर तब तक मैं हाफिज़ का दीवान लेकर आती हूँ...।"

"ठीक।"

"हाँ, नियत बाँध ली..."

मैं दीवान खोलती हूँ...वाह वाह...क्या ज़बर्दस्त शेर आया है...पहले पढ़ती हूँ फिर समझाती हूँ।"

"हाँ।"

"मतलब यह कि तुम्हारी मुराद पूरी होगी। वह सब तुम्हें मिलेगा, जो तुम्हारा हक़ है। अशिकान इसी तरह लम्बी मुद्दत के बाद अपनी मशक़्क़त का सिला पाते हैं...मुबारक बाशद! तुम्हारी तरक्क़ी पक्की है। हमारी तरफ़ कब आ रही हो? कल डिनर पर मिलो...ठीक है! गुड नाइट!"

"मुझे देना" गुलरेज़ ने बीवी के हाथ से चोंगा खींचा।

"तुम औरतें भी...हाफिज़ बड़ा नज़रबाज़ था। उसकी कोई एक महबूबा कैसे हो सकती है? आलिमों का यही कहना है और यह भी कि..."बीच में रिसीवर छीन राना बोली।

"वह जो भी था मगर हम ईरानियों का उस पर यक़ीन है...ऐसे ही थोड़े शाखे नबात की क़सम खाते हैं लोग...तुम मन मैला मत करना सुरभि यह मेरा शौहर पूरा जहन्नुमी है। रात दिन कुफ्र की बातें करता है।" राना ने हँसते-हँसते फ़ोन काटा।

सुरभि को फाल ने कितनी राहत दी। ज़ख़्म पर रखे फाहे ने टभकन को कितना कम किया मगर हाँ वह करवट बदल आँखें बन्द करने में कामयाब हुई।

ख़वाब की कमन्द को पकड़ कर कोई चाँद-तारे भी तोड़ कर ला सकता है।

यह तो मुहब्बत में धड़कता दिल है जो अपने हिस्से में आये मर्द को सही-सलमत देखना चाहता है। मशहद के घर वाला आँगन उभरता है। वह सायरस को मीठे नीबू चूसते देख रही है। मशीन से भी ज़्यादा उसकी फुर्ती और चुसे नीबुओं के ढेर को देख माँ कह उठती है।

"बसे दीगे...बस करो मसूढ़े छिल जायेंगे।"

''न तर्स मादर! डरो नहीं माँ, मुझे कुछ नहीं होगा मामान?" वह हँसता है सुर्ख पड़े होंठों के बीच झिलमिलाते सफ़ेद दाँत भी जैसे हँस पड़ते हैं।

अचानक सपना बदलता है और सायरस के छोटे भाई के तेहरान वाले फ़्लैट में पहुँच जाता है। जहाँ सायरस अपने छोटे भाई की बेटी को बुलाता है, "बिया जानम! बेशीन बेज़ानू-ए-मन है।''

''आओ, आकर बैठो न, मेरी जाँघ पर।" उसकी आवाज़ हवा में गूँजती है, मगर भाई की दो साल की बेटी उसकी गोद में बैठने पर राज़ी नहीं होती है।

"अजब?" वह कह कर उठता है और झुककर उसके गालों को चूमता है।

"सायरस जब आप बच्चों से इतना प्यार करते हैं, तब शादी क्यों नहीं करते?" छोटे भाई की बीवी पूछ बैठी।

"इस इम्परातोरी सिस्टम में शादी करना लानत लगती है। शादी फिर बच्चे, एक नहीं पाँच छह, अली, फरज़ाना, अब्बास,

नाज़िम, सुरैया...इसी में ज़िन्दगी गुज़र जायेगी तो अदीबों के नाम और शेर याद रखने की किसे फ़ुर्सत होगी।" इतना कह जिस शरारत से वह हँसा था। उससे सब मुस्करा पड़े थे, मगर भाई-भाभी बुरा मान बैठे, जबकि उनकी एक ही बेटी थी।

"शादी से परहेज़ है मगर हमेशा नयी-से-नयी लड़कियों के साथ घूमते हैं और कहते अपने को समाजसेवी भला समाज सुधारक ऐसा होता है?" भाभी ने जल कर कहा।

"घर में मेहमान हैं, सुनेगी तो क्या सोचेगी।" भाई ने पत्नी से फुसफुसाकर कहा।

"सायरस आग़ा का असली चेहरा।" भाभी जल कर कोयला हो बोल उठी।

"बात उनके असली चेहरे की नहीं, खालिस दिमाग़ की है जिसके सब गिरवीदा हैं। लड़कियों से ज़्यादा तो यहाँ मर्द आते हैं तो फिर भाई मेरा औरतबाज कैसे हुआ... ।"

"बस कुन!" गुलनार ने बस करो कह कर छोटे भाई की ज़बान पर रोक लगायी थी।

घर में काफ़ी देर ख़ामोशी छायी रही।

इन सारी बातों से बेख़बर सायरस सिनफुनी के उतार-चढ़ाव में खोया संगीत की तरंगों में तैरता रहा।

सुरभि और सूसन दूसरे कमरे में चुपचाप बैठी रहीं। सूसन के चेहरे का रंग पल-पल बदल रहा था, मगर जो भी टूटी-फूटी फ़ारसी को वह समझ पायी उसे ज़ाहिर नहीं होने दिया न माजरा जानने की जिज्ञासा दिखायी।

सायरस की बिना शीशों वाली अलमारियाँ किताबों से भरी थीं। जिन पर धूल का एक कण भी कहीं नज़र नहीं आता था। उसको पता रहता कि कौन-सी किताब किस शेल्फ़ में किस किताब से चिपकी खड़ी है। उस सायरस का दिमाग़ धीरे-धीरे कर सूख रहा है, याददाश्त धुँधली पड़ रही हैं और उसके भारी शाने पिघल रहे हैं और मेरे उजले दिन, रातों की कालिमा में तब्दील

हो रहे हैं। इतनी कालिमा मैं कैसे झेल पाऊँगी? जब डॉक्टर के लिए यह अबूझ गुत्थी बन जाती है...आख़िर में तो वह भी कह बैठते हैं दवा हम कर रहे हैं दुआ आप करें...दुआ मैं करूँगी, हर पल उसकी सलामती चाहूँगी, अपनी क़िस्मत की कालिमा में लाल रंग मैं भरूँगी...सिन्दूरी लाल रंग!"

जज़्बात के परनाले आँखों से बहने लगते। वह आँसुओं से भीगी हथेली को देखती तो आवाज़-सी गूँजती, नदी के बहाव और आँसुओं में सिर्फ़ जज़्बात का फ़र्क़ है। अक्सर वह खुद पर बरस पड़ती। "ए मेरे जुनूनी जज़्बे तू सूख क्यों नहीं जाता?''

''ओ मेरी दीवानी मुहब्बत तू दम तोड़ क्यों नहीं देती?''

''अरे मेरी बदनसीबी तू रास्ता क्यों नहीं बदल लेती?''

मुझे अब उस अतीत की क्या ज़रूरत है जब मेरा जोड़ा ही उन यादों से महरूम हो रहा है? वह डूबते-डूबते, उबरते-उबरते डूबती।

जो ये काग़ज़ होते तो इन्हें बहती नहर में डाल देती, ख़त होते तो जला डालती मगर ज़हन में पड़ी यादों के एलबम हैं, जिन्हें मैं फेंक भी नहीं सकती हूँ, यह कैसी विडम्बना है, यह कैसी बेबसी है, मैं चाह कर भी कुछ नहीं कर सकती हूँ?

सुरभि लॉन में तेज़-तेज़ चलती, कभी कुर्सी पर बैठ पेड़ों को ताक़ती, फिर आसमान की तरफ़ मुँह उठाकर कहती।

"तुम हो, मुझे यक़ीन नहीं लेकिन तुम्हारे नाम की दुआ लेने के लिए मैं अपने को मजबूर पाती हूँ। मैं उस ज़हर को भी पीने को तैयार हूँ जो इश्क़ के ज़हर को उतार दे।''

''मैं सपेरों की बस्ती में रहने और साँपों की बामियों में हाथ डालने को भी तैयार हूँ। मुझे कोई डर नहीं, कोई डर नहीं...''

लेकिन यह दर्द...यह आत्मा को तार-तार कर देने वाली वेदना अब नहीं सही जाती...नहीं सही जाती।

मेरे लिए कोई मन्त्र?

कोई तावीज़?

पान का बीड़ा या फिर जादू-टोना अगर किसी के पास हो तो मुझ पर कर दो, ताकि मैं इस सच्चाई को भूल जाऊँ कि मैं सायरस के ज़हन से ख़ारिज होने वाली हूँ।

अन्दर की घुटन आख़िर एक दिन फूट पड़ी जब वह चकरा कर ज़मीन पर गिर पड़ी।

"इतना लो ब्लडप्रेशर...भगवान ने कृपा की 'नर्स बुदबुदाई, "ऑन्टी जी, सुरभि का ख़्याल रखिएगा...मैं तो कहूँगी इनको अस्पताल में दाख़िल कराना ही ठीक होगा, वहाँ हर पल हमारी निगरानी में रहेगी।" पड़ोस में रहने वाली नर्स ने नीम बेहोश सुरभि को चेकर करके कहा।

"ठीक है।" रूँधे गले से मात्र इतना ही बोल पायी।

एम्बुलेंस आ गयी। माँ ने घर में ताला डाला और सुरभि के साथ हो चली। उनका दिल कह रहा था कि सुरभि कुछ घण्टों में ठीक हो जायेगी। माँ के रहते हुए बेटी का बाल बाँका मौत भी नहीं कर सकती है। उनका विश्वास हर पल बढ़ रहा था।

सायरस का फ़ोन बार-बार आ रहा था।

घण्टी बज-बजकर रुक रही थी।

सुरभि का मोबाइल तो घर में उसके सिरहाने ही छूट गया था।

माँ ने अपने फ़ोन की घण्टी कम कर ली थी। यहाँ एक फ़ोन की घण्टी चार बार बज जाती है तो बात करते, जवाब देते सर दुखने लगता है। सुरभि एक साथ तीन चार मोबाइल रखती है। कभी इसकी घण्टी बजी तो कभी उसकी। अच्छा भला आदमी पागल हो जायेगा।

सुरभि को सहज होते-होते कई दिन लग गये। डॉक्टर ने घर जाने की इजाज़त दे दी थी, मगर हिदायतों के साथ! घर पहुँच जो मोबाइल चेक किया तो उसमें साठ मिस काल थी। हर दूसरी काल सायरस का नम्बर दिखा रही थी।

उसने बेचैनी से फ़ोन मिलाया।

घण्टी जा रही थी।

"हलो सायरस?"

"बेफरमाइद...।" (कहिए)

"हलो...मैं सुरभि हूँ सायरस!''

"आपने ग़लत नम्बर डायल किया है...इन जा सायरस नीस्त।" सुरभि ने काँपते होंठों से दोहराया, "यहाँ नहीं है।'' फिर हँस पड़ी और चहकती आवाज़ से बोली। "कोई बात नहीं, हम आपसे बात करते हैं...मेरा नाम गुल है और मैं ज़र्नलिस्ट हूँ...'' सुरभि ने अन्दर से उठती सिसकी का गला घोंट दिया।

"चे इस्में कश्नगी...गुल...।" बहुत ख़ूबसूरत नाम है आपका, आपकी आवाज़ भी बड़ी मीठी है...रेडियो पर बोलेंगी तो सुनने वाले का दिल मोह लेंगी, किसलिए फ़ोन किया?"

"मैं बहुत तन्हा हूँ। चाहती हूँ कोई ऐसा आदमी मिले जो एक हमदर्द दोस्त बन सके, मेरे पापा की कुछ अरसा पहले डेथ हुई है, तब से बहुत तन्हा हूँ।"

"ख़ानम तू कलक मी ज़नी...। (आप मुझे बेवकूफ़ बना रही हैं?) खुदारा, बाबा मुर्दे, खुद-तन्हा और अनजान आदमी को फ़ोन कर रही हैं? चे ख़ूब...जाओ जाकर, कोई हसीन मर्द अपने लिए ढूँढ़ों जो तुम्हारी ज़रूरतों को पूरा कर सके। शरीफ़ मर्दों के सर से कुलाह (टोपी) मत उतारो...'' इतना कह सायरस ने फ़ोन काट दिया तो सुरभि मुस्कुरा पड़ी।

कुछ देर फ़ोन हाथ में पकड़े रही। फ़ैसला नहीं कर पा रही थी कि फिर फ़ोन मिलाये या...?" मन मार कर उठी और मेज़ पर फैली चीज़ों को सलीके से लगाने लगी।

"सुरभि कैसा फील कर रही हो इस वक़्त?" माँ ताज़ा सन्तरों का जूस लिये खड़ी थीं।

"बहुत अच्छा माँ...लाओ जूस दो मेरा गला सूख रहा था।" चहक कर सुरभि बोली तो उसकी माँ की आँखें भर आयीं। अरसे से उसने चाव से कुछ खाया-पिया न था। इस वक़्त पूरा गिलास एक साँस में इस तरह पी गयी जैसे बरसों की प्यासी हो।

रात को जब बिस्तर पर सुरभि लेटी तब चोर दरवाज़े से एक ख़्याल उसके ज़हन की सीढ़ियाँ उतरा कि अगर उसे सायरस इस तरह हासिल हो जाये तो क्या अच्छा हो, पुरानी यादों की जगह नयी यादें नयी पत्तियों की तरह मुहब्बत के सूखे वृक्ष पर उग सकती हैं।

उसके चेहरे पर ज़िन्दगी से भरपूर मुस्कान उभरी और आँखों में सैकड़ों सितारे एक साथ चमक उठे। आकाश गंगा सामने थी जिस पर उसे चलना था। उसने फ़ोन की तरफ़ हाथ बढ़ाया फिर ठहर गयी। दिल को समझाया एक दो दिन और...।

"अपने सायरस का फ़ोन आया तो अपनी जन्नत और जो उस शरीफ़ आदमी का फ़ोन आया तो नयी जन्नत की बुनियाद डालना शुरू कर दूँगी। आख़िर मंज़िल तो एक है न..." वह क़हक़हा मार इस तरह हँसी कि माँ सोते में से चौक पड़ी।

"क्या हुआ...कौन हँसा?" वह नींद में बड़बड़ाई फिर करवट बदल कर गहरी नींद में डूब गयी। दो हफ़्तों के रतजगा के बाद भरपूर नींद लेना भी उनकी ज़रूरत है।

सुरभि को देखकर सबका ख़्याल था कि उसके लिए इस तरह बीमार होना बहुत ज़रूरी था। तीन हफ़्ते की लम्बी छुट्टी में किये गये आराम ने उसके चेहरे पर दोबारा ताज़गी के साथ पुरानी खुशमिजाज़ी भी और मिलनसारी भी लौट आयी थी।

तीसरे दिन फ़ोन बजा...

"सलाम...एहवाले शुमा?" सायरस की ताज़ादम आवाज़ ने उसका हालचाल पूछा।

"सलाम...मैं ठीक हूँ और तुम कैसे हो? बहुत दिनों बाद फ़ोन किया...कुछ लिख-पढ़ रहे थे या नौकरी मिल गयी है?" उसने चहकती आवाज़ से पूछा।

"नौकरी...शर्म भी आ रही है और दुख भी हो रहा है कि मैं बेकार हूँ...नौकरी तो मुझे क्या मिलेगी...हाँ अब कुछ लिख कर ही काम

चला सकता हूँ...पूँजीवाद का पंजा जकड़ता ही जा रहा है देखो, पॉवर बेलेंस क्या बिगड़ा दुनिया का हाल बेहाल हो उठा है। ख़ून-ख़राबा...''

"लेकिन अब मार्क्सवाद की जगह उसका कोई नया रिप्लेसमेंट उसके अपने अन्दर से निकल आना चाहिए वरना...।"

"बावर कुन! यक़ीन करो, कुछ दिन सब्र करो, यह सब ज़्यादा दिन नहीं चलेगा। यह बताओ तुम कैसी हो हिन्दुस्तान का हाल क्या है? मैंने अभी ईरानी और हिन्दुस्तानी रागों और साजों पर एक लेख लिखना शुरू किया है। ख़त्म होते ही तुम को भेजूँगा। 'अवस्ता, फ़ारसी और संस्कृत का मुआज़ना' (तुलना) नामक मेरी पुस्तक को 'नेशनल बुक फेयर' का एवार्ड मिला है। अभी-अभी पता चला तो मैंने सबसे पहले तुम्हें फ़ोन किया।

"थ्री चीयर्स फॉर यू।" सुरभि ने खुश होकर कहा।

"मुझे बहुत काम करना है। बिफ़ोर आई गो टू स्लीप।" हँसते हुए सायरस बोला। ''यक़ीन रखो इतनी जल्दी मैं मरूँगा नहीं। बहुत सेहतमन्द, सालिम और मज़बूत हूँ। मुझे कोई बीमारी नहीं है जैसा तुमने पहली बार देखा था न, बिल्कुल वैसा ही हूँ बस दुबला ज़रूर हुआ हूँ। तुम देखोगी न तो यक़ीन नहीं होगा...मगर इन सारे जद्दोजहद के बाद मेरे सरोकार वही रहे। मेरे जाने कितने क़लमकार साथी चर्सी हो गये, ग़लत धन्धों से पैसे कमाने लगे हैं। दौलतमन्द हो गये हैं, एक की जगह दो विला, चार कार, पाँच मोटरसाइकिलों के मालिक, मगर वे, वे नहीं रह पाये जो उन्हें बने रहना चाहिए था। तुम नाराहत न हो। हम ज़रूर मिलेंगे, तुम्हें देखे बिना ये आँखें बन्द नहीं होंगी...अपना ख़्याल रखना। बढ़िया लिखना, सच लिखना, हर्फ से बढ़कर न कोई नूर है और न ही उससे ठोस कोई वजूद है...तुम्हें उफ्! मेरा सर...हल्की-सी आवाज़ उभरी फिर कहा, ''तुम्हें कोई काम तो नहीं, फ़ोन रखूँ?...

रूयत रा बे बूसम, तो दर आगोशे मनी...ख़ुदा को सौंपा!" (तुम्हारे चेहरे को चूमता हूँ, तुम मेरे आगोश में हो)

"बाय, बाय की हल्की गूँज उसकी तूफ़ानी ज़ज्बाती आवाज़ में हमेशा ग़ुम हो जाती है। उसके चेहरे के जज़्बात क्या होते हैं उस वक़्त मगर सुरभि को अन्दाज़ा कई बार उसने फ़ोन का वीडियो ऑन किया, मगर सायरस नज़र नहीं आया। वह खुद अपने बारे में जानती है। सायरस के फ़ोन आने से लेकर फ़ोन बन्द होने तक उसका रोम-रोम सचेत रहता है। चेहरा उसके हर शब्द का आईना होता है। चेहरे का सुर्ख हो जाना ही अपने में ऐलान है। वह इश्क़ में है...वह इश्क़ में डूबी है।

सुरभि ने इंटरनेट पर उसकी किताब के बारे में मालूमात ढूँढ़ी। वह लगभग तीन माह पुरानी ख़बर थी। इसका मतलब है कि वह अरसे बाद अपने वजूद में वापस आया था।

"यह कैसा खेल है, दो माह, छह माह का यह जंप कहीं जाकर ख़त्म होगा या यहीं ठहरा रहेगा?" उसने उँगलियों से सर सहला बालों को कस कर मुट्ठी में जकड़ा।

"उफ़! पीड़ा का कोई ओर छोर नहीं।" इतना कह उसने गहरी साँस भरी। "पता नहीं इन सारे उतार-चढ़ाव से वह खुद कैसे निपट रहा है? मुझे इस बीमारी के बारे में पूरी जानकारी लेना होगा, ताकि उसकी पीड़ा को थोड़ा-बहुत ही, समझ तो सकूँ।

ग़ालों पर बेताब टपकती बूँदों को उसने पोंछा नहीं।

ग़मग़ीन चेहरे को धोने को यह भी अच्छा तरीक़ा है।

सुरभि लैम्प की रोशनी में अपने हाथों के लिखे काग़ज़ों को छाँट रही थी। कुछ वर्षों से ही उसने लैपटॉप पर काम करना शुरू किया था। काग़ज़ों को समेट कर उसने दराज में रखा और डायरी में कुछ लिखने लगी।

"मुझे अपनी अधूरी पुस्तक ख़त्म करनी होगी।"

उसने लैपटॉप खोला और डायरी पर लिखी अपनी इबारत

को देख कर मुस्कुराई और डायरी बन्द कर उसे दराज में डाली। पीछे से आवाज़ आयी।

"खाना लगा दिया है।"

"आ रही हूँ माँ!" सुरभि ने माँ को जवाब देकर अलज़ाइमर बीमारी की पूरी मालूमात खोल ली, बल्कि उस पूरे मैटर का प्रिंटआउट निकाल लिया, ताकि माँ भी पढ़ लें।

"आ जा मुन्नी।" माँ की धीमी आवाज़ उभरी।

''माँ! सीरियल नहीं देख रही हो तुम?''

''शनिवार को मैं आँखों को आराम देती हूँ।''

''कल मैं खाना ख़ुद बनाऊँ तो?"

''अच्छी बात है पर, सफ़ाई किचन की ख़ुद करनी पड़ेगी।" माँ हँसी।''

''ठीक है।'' किसी बच्ची की तरह ख़ुश होकर वह बोली।

खाना खाते हुए उसे याद आया बरसाती की छत पर गुटरगूँ-गुटरगूँ करते कबूतरों के झुण्ड के साथ, खिली धूप में वह छोटी-सी क़ालीन बिछा, सुफरे पर खाना लगाना था। अपने हाथों का पकाया हुआ खालिस ईरानी खाना और बाद में बचे चावल मुट्ठी में उछाल वह कबूतरों की तरफ़ फेंकता। सुरमई कबूतर पंख फड़फड़ाते हुए नीचे उतरते, पल भर में चावल चुग उड़ जाते, तब चिमनी की दीवार से हम दोनों पीठ लगा पर फैले खुले आसमान को ताक़ते और हिन्दुस्तान की उन किताबों की बातें करते जो उसने पढ़ रखी थी।

''मैं बर्तन धो लूँ।" कहती हुई सुरभि उठी।

"न...न...। तुम मेहमान हो, आराम से बैठो। मैं बर्तन धो गर्म चाय की प्याली के साथ हाज़िर होता हूँ।'' सायरस कहता।

बिना दूध वाली गर्म चाय के फिनजान अपने रंग में रम का भरा गिलास लगता, मुँह में कन्द का टुकड़ा रख फीकी चाय का घूँट भरती तो वह बोल उठता "हम इरानियों की बड़ी बुरी आदत

है कन्द को दाँत के नीचे दबा चाय पीना, पीछे के दाँत जवानी में ही खो बैठते हैं।"

"हाँ, इसी तरह रूसी भी, मैंने ज़्यादातर जवान मर्द-औरतों के दाँतों में ऊदी दवा लगी देखी हैं या सोने के दाँत।" सुरभि ने हामी भरी।

"बहरहाल मन परहेज़ भी कुनम।" (मैं बचता हूँ) सायरस कहता। कभी हम दोनों अंग्रेज़ी में, तो कभी फ़ारसी में खिचड़ी ज़बान बोलते। मैं बेख़्याली में कभी-कभी हिन्दुस्तानी बोल जाती।" सोचते हुए अचानक सुरभि हँस पड़ी।

"क्या हुआ?" माँ ने चौंक कर पूछा।

"कुछ नहीं माँ बस आज सब कुछ अच्छा लग रहा है।" सुरभि ने माँ को प्यार से देखा और सोचने लगी उसी मेहमाननवाज़ सायरस को मैं लजीज़-से-लज़ीज़ खाना अपने हाथों से पका कर खिलाना चाहती हूँ, उसी तरह जैसे एक दिन सबके घेरने पर मैंने उसके मकान मालिक की बेटी के बर्थ-डे में पूरी और आलू की सब्ज़ी बनायी थी। रेखा, रहीम और कृष्ण का नीयत के मारे बुरा हाल था। अरसे बाद घर का स्वाद मिलने वाला था। मैदे की पूरी फूल कम, अकड़ ज़्यादा रही थी।

शाम को सायरस बच्चों की दर्जन भर किताबें उठाये मकान मालकिन के घर में दाख़िल हुआ। कहीं मीटिंग में फँस गया था। चार साल की बच्ची को तोहफ़ा देते हुए किताब की अहमियत पर छोटा-सा भाषण दिया। हम हँसते रहे। खाने के बाद उसने धीरे से मुझसे कहा।

"सुबह आईना देख परेशान मत होना, रात को आलू खाने से आँखें फूल जाती हैं।" सुरभि ने सर हिलाया। मकान मालकिन उनके मेहमान बार-बार 'ख़ुशमज़ाह अस्त' या 'खेली ममनून' या 'फिर दस्ते शुमा दर्द न कुने' हम सब उनकी तारीफ़ सुनते रहे

और वे आलू की ज़ीरे वाली सब्ज़ी और पूरी खाते रहे। माँ की आवाज़ से वह चौंक पड़ी जो उसे ग़ौर से देखती हुई कह रही थी, "आज खाना खाते हुए तू लगातार मुस्कुराती रही है, दो की जगह तूने आज चार फुलके खाये हैं। मैंने भी नहीं टोका, माँओं की नज़र जल्दी लगती है।"

"तुम्हारे लिए बचा ही नहीं?"

तो क्या हुआ अभी डालती हूँ गर्म फुलके, क्या पता आज मैं दो की जगह तीन खा लूँ।"

"माँ, माँ तुम बैठो में बना कर लाती हूँ फुटबॉल की तरह फूले फुलके।" सुरभि अपनी जगह से फुर्ती से उठी और हाथ धोया।

"सब्जी गर्म करूँ?" सुरभि ने फ्रिज़ से गूँथा आटा निकाल कर पूछा।

"न, अभी गर्म है...आ तू बैठ।" माँ ने एक ख़ास प्यार के लहज़े से कहा, उनके चेहरे पर खुशी की चमक थी।

"यह लो फुटबाल माँ...मगर कुछ लम्बा हो गया हैं...रगबी की बॉल बन गयी है।" हँसती, लगभग उछलती-सी सुरभि आयी।

"इधर आ, आज तेरी बलाएँ लेने का मन है।" माँ ने दोनों हाथ उठा पास खड़ी सुरभि की बलाएँ ले चट-चट अपनी उँगलियाँ तोड़ीं।

"इतना प्यार मत करो माँ।" सुरभि ने इतराहठ से कहा।

"माँ के पास यही एक चीज़ होती है देने को, जो कभी नहीं सूखती पगली!" माँ ने उसके गाल पर प्यार से चपत मारी।

उसी तरह उछलती-कूदती वह दूसरा फुलका बेलने किचन की तरफ़ भागी, "माँ, तुम मेरे साथ रहोगी न, जहाँ भी जाऊँ?"

"क्या मतलब?"

"अगर मेरी पोस्टिंग तीन साल के लिए 'होनोलूलू' हो जाये तो...तो?"

"मैं अकेले यहाँ बैठ मक्खीं मारूँगी क्या?"

"माँ हो तो मेरी जैसी...। पक्का वायदा? चाहे 'किस्तुसतुनिया' जाना हो तब भी?"

"पक्का-भाई-पक्का वायदा मगर ये नाम कहाँ से तुझे याद आ रहे हैं?" माँ भी आज बरसों बाद इस तरह हँस रही थी कि उनका चेहरा उसे अजनबी-सा लग रहा था।

"बचपन में देखे एटलस से, इतना कह कर सुरभि माँ के कमरे में जाकर उनके बिस्तर पर लेट गयी फिर माँ से लिपट कर बोली, "मैं यहीं सोऊँगी तुम्हारे पास...।"

"आज सूरज जाने किस दिशा से निकला है।'' माँ ने मन-ही-मन सोचा और अपनी छाती पर रखा उसका सर सहलाने लगी। महसूस हुआ वह भी पास लेटे कोई किताब पढ़ रहे हैं। कमरे की फ़िल्म बदल गयी। गुलाब केवड़े की अगरबत्ती की महक भरी हुई है।

"माँ मुझे एक बीमारी पर आर्टिकल लिखना है। मैं चाहती हूँ तुम उसमें मेरी मदद करो?"

"मैं।" हँसी वह।

"कोई भी बीमारी रिश्तों को किस तरह तोड़तो-फोड़ती, बनाती-सँवारती हैं, तुम से अच्छी तरह कौन समझ सकता है। तुम औरत हो, माँ हो, हम दोनों उस हालात से गुज़रे हैं... हैं न माँ?"

उन्हें लगा कमरे का वातावरण बदल गया है। अगरबत्ती बुझ गयी थी। अब वही सिर्फ़ दवाओं की बास भरी थी।

"यह लो माँ हिस्ट्री...पहला पन्ना तुम पढ़ो और फिर उसे मैं पढ़ूँगी। तब तक तुम दूसरा पढ़ना...।" माँ ने टी.वी. ऑफ़ किया और बेटी के हाथ से काग़ज़ लिया "अलज़ाइमर...यह तो बड़ी कॉमन बीमारी है, हमारे ख़ानदान में बहुत से बुजुर्गों को थी। उसमें नया क्या लिखेगी?"

"तुमने तब दूर से देखा है, अब ज़रा लोगों की ज़िन्दगी में झाँको, रोगियों ने अपनी बीमारी के बारे में रिश्तेदारों ने अपनी

तीमारदारी के बारे में व्यक्तिगत अनुभवों को ख़ुलासा किया है... शुरू करें? माँ बेटी बेड लाइट ऑन कर उसकी तेज़ रोशनी में उन काग़ज़ों को पढ़ने में डूब गयीं। कुछ देर बाद कभी आह गूँजती तो कभी 'चचच' की आवाज़, अन्त तक आते-आते दोनों माँ बेटी रोने लगीं। व्यथा का तीर ठीक निशाने पर बैठा था। कोई दूसरों के लिए इस तरह रो सकता है? कमरे में यह सवाल कन्दील की तरह झूल रहा था।

सुरभि को याद आया सायरस का कहना, "जो जिया जी भर कर जिया और दिल व दिमाग़ रोशन हो गया। मेरे ज़हन को नयी तलाश थी, इसलिए मेरा क़लम तहज़ीब और तमद्दुन की तरफ़ मुड़ गया। इन्सान कितने मरहलों से गुज़रता हुआ, यहाँ तक पहुँचा है कि जिस पेड़ पर वह पनाह लेता था, आज उसी की बनायी कुर्सी पर बैठता है।"

"मैं इतने तरह के वैचारिक आयामों से नहीं गुज़री हूँ और न अनुभवों से। मैं नास्तिक नहीं हूँ मगर धर्म से पूरी तरह लापरवाह रही हूँ। अतीत से ज़्यादा मुझे भविष्य लुभाता है। वर्तमान चुनौतियाँ देता है, लेकिन तुम जो एक ज़माने में पक्के धार्मिक रहे हो, फिर साम्यवादी! अब तुम्हारी रुचि सभ्यता और संस्कृति की तरफ़ मुड़ रही है या मुड़ गयी है। अब तुम अपने को क्या कहलाना पसन्द करोगे।"

"रिसर्चर! मेरी नज़र में जो हमेशा ठहरने वाली चीज़ है, वह आर्ट और कल्चर है।"

"ओके! किस संस्कृति पर काम करोगे? संस्कृति का विस्तार तो भौगोलिक और देशों में बँटा हुआ है, जिसमें धर्म भी दाख़िल नज़र आता है। भाषा और विचार भी या फिर अपने को ईरान तक सीमित रखोगे या इस्लाम तक?"

"इस्लाम मेरे लिए तारीख़ है, जैसे आप तारीख़ को झुठला नहीं सकते, वैसे ही धर्म को। वह चौदह सौ साल से नस्ल-दर-नस्ल

हमारी तरबियत के जारिये हमारी रुह में घुल चुका है। मेरी कोई लड़ाई धर्म से नहीं जब तक उसमें सियासत और ख़ुदगर्जी शामिल नहीं होती और यह सब्जेक्ट मुल्ला-मौलियों का है, मेरा नहीं है। लेकिन कल्चर हम जैसे का कंसर्न है, पिछले पाँच वर्षों से मैं ईरान की सभ्यता पर लिख रहा हूँ और इंडो-ईरान के रिश्तों पर, जिसमें अदब और हुनर भी शामिल हैं।

''वतन से प्यार हर इन्सान के दिल में छिपा रहता है और वह उस समय नज़र आता है, जब आपका देश और संस्कृति ख़तरे में हो।

''बिल्कुल! इन्सान जितना इल्म हासिल करता है, उसका दिमाग़ उतना ही खुलता जाता है। एक वक़्त ऐसा आता है, जब उसे इन्सानी रिश्ते हर विचार और हर विश्वास से आगे की चीज़ लगने लगती है, उसकी खोज वर्तमान से अतीत की ओर कभी लौटती है, तो कभी...'' बीच में सुरभि बोल उठी।

''भविष्य में तुम्हारी वापसी किस रूप में होगी?''

''कह नहीं सकता, मगर मेरा हर रिश्ता उस फलसफे और ख़्याल से टूट जाता है, जिसमें जकड़न और जड़ता आ जाती है। इन्सान घुटने लगता है और उसकी आज़ादी छिन जाती है। इंडो-ईरान की तारीख़, अतीत और संस्कृति में जो अज़मत है और खुलापन है, वह आपको वर्तमान की जड़ता को तोड़ने में मदद करता है।''

''यह कितने लोग समझते हैं सायरस?''

''कुछ को आगे जाने की तमन्न रहती है तो कोई पीछे लौटना चाहता है। उन्हीं के लिए मैं क्या मुझ जैसे सैकड़ों स्कालर कोशिश में लगे हुए हैं। तुम भी उसमें शामिल हो सुरभि।''

एकाएक ये सब याद कर सुरभि का कलेजा फटने लगा और दिल चाहा अपनी पूरी ताक़त से चीख़े ''सायरस...! सायरस...!! सायरस...!!! सुन रहे हो मेरी आवाज़, तुम तक पहुँ रही है मेरी आवाज़?

सुरभि की केमेस्ट्री बदल चुकी थी। वह जितना सायरस के लिए तड़पती थी, उतना ही काम में अपनी ऊर्जा डाल देती और जितना ज़्यादा वह राजनीतिक मुद्दों पर तीखा लिखती, उतना ही कोलाहल उसके अन्दर सायरस के लिए तरंगें मारती। रेखा उसकी इस दो मुँही बेचैनी से दंग थी, जो एक-दूसरे को शक्ति दे रही थी। अक्सर वह सोचती कि इश्क़ इन्सान को कितना निडर और क्रियाशील बना देता है। वेदना अपनी दुनिया रचती है, तभी सुरभि हरदम मुझे सुलगती हुई लगती है। कहती भी है कि मैं अंगारों के ढेर पर चल रही हूँ रेखा। मुझे ख़ुद नहीं पता कि मैं कैसे अपने को सँभालूँ। रेखा का मन किया वह सुरभि से बात करे, सो फ़ोन मिलाया, "हाय सुरभि कैसी हो!"

"ठीक हूँ! इतनी रात गये कैसे फ़ोन किया, सब ठीक है न?

"हाँ, सब ठीक है। सब दिल चाहा तेरी आवाज़ सुनने का, सो सुन ली।" कहकर रेखा हँस पड़ी तो सुरभि भी हँस पड़ी। कुछ देर बातें हुईं फिर फ़ोन बन्द कर दिया गया।

ज़िन्दगी के अँधेरे आसमान पर पौ फट चुकी थी। सूरज निकलने वाला था और एक धुँधली पगडण्डी काँटों से सजी पत्थरों से भरी उसे अपना स्वागत करती साफ़ नज़र आ रही थी। उसने एक भरपूर अँगड़ाई ली, उसके जिस्म से लिपटी दुख की पपड़ियाँ पेड़ के तने पर चिपकी सूखी चैलियों की तरह एक-एक करके गिर जायेंगी और उस का बदन चिकना और ज़ख्मों से आज़ाद होगा। पास में माँ नहीं है, उसने मुड़कर देखा फिर एक लोट बिस्तर पर लगायी। तकिया इधर-उधर फेंके फिर सामाचार सुनने के लिए टी.वी. ऑन कर दिया।

माँ दो गिलास नीबू पानी लेकर कमरे में दाख़िल हुई।

"जागिंग को नहीं जाना है?"

"आज इतवार है, घर का त्योहार है।" उसने फिर एक लोट लगायी और उठ कर बैठ गयी।

"अजीब बात है माँ, सारी रात सपने में अल्जाइमर के रोगियों की जगह पापा सपने में आये। सच पूछो हम कहाँ नहीं गये। कश्मीर, सिक्किम, मिजोरम, नागालैंड। वह बीमार नहीं थे। बहुत हेल्दी और हैपी लग रहे थे।"

"मेरे सपने में भी आये थे।" माँ ने धीरे से कहा।

"माँ तुम दोनों ने क्या किया?"

"बातें।"

"कहीं घूमने नहीं गये?"

"नहीं, बस घर को सजाने में लगे रहे, जैसे किसी की शादी हो। मुझसे बार-बार एक ही जुमला कह रहे थे, सुरभि जो कहे वह मान लेना, सुरभि बहुत समझदार है...।"

"चलो पापा की मंजूरी मिल गयी।" वह मुँह-ही-मुँह में बड़बड़ाई और गिलास उठाकर घूँट भरा।

"तुम्हें कुछ चाहिए मैं पूजा करने जा रही हूँ।"

"चाय माँ?"

"पूजा के बाद लूँगी वह भी तेरे हाथ की..." माँ ने ख़ाली गिलासों की ट्रे उठायी और दरवाज़े की तरफ़ बढ़ी।

माँ जब दोपहर में अपने ज़ेवर देख रही थी, तब सुरभि अपने कमरे में सायरस को फ़ोन मिला रही थी।

कौन गुल ख़ानम? मन शुमारा नमी दानम...(मैं तुम्हें नहीं जानता) मुझे परेशान न करो मेरा नर्वस ब्रेक डाउन हो जायेगा। मुझे याद है, मैंने तुम्हें पहले भी फ़ोन करने को मना किया था।

''इधर आपने कौन-सी पुस्तक पढ़ी है?'' झट से सुरभि ने पूछा।

ख़ामोशी!

हलो, जी आपने किस विषय पर किताब पढ़ी है?

“वाइल्ड लाइफ़ पर।” कुछ तीखा स्वर उभरा।

“मुझे भी जानवरों के बारे में जानना बहुत अच्छा लगता है। ख़ास कर चीते के बारे में।”

“मुझे बन्दर अच्छे लगते हैं ख़ासकर वनमानुस! अब फ़ोन रखूँ?''

“देखिए मुझे कैंसर होने का शक डॉक्टर बताते हैं। चेकअप चल रहा है अस्पताल में जहाँ हरदम मौत के साये मँडराते हैं। वहाँ मैं दोस्ती और मुहब्बत तलाश करती हूँ मगर मुझे हर कोई झिड़क देता है। आप की तरह...मैं फ़ोन रखती हूँ।''...इतना कह सुरभि रोने लगी।

“चे अजब, मैंने कुछ कहा नहीं और आपने रोना शुरू कर दिया?

‘‘अपनों से मैंने चोट खायी है। सोचा था ग़ैर हमदर्दी करेंगे, मगर... ।''

‘‘मेरा यक़ीन करें। मैं बोलना नहीं जानता, लिखने वाला शख़्स हूँ तो भी मैं वायदा करता हूँ आप की बात सुनूँगा कहिए.... ।''

“आप इन्सान नहीं फ़रिश्ते हैं...आपसे क्या मैं यह सवाल पूछ सकती हूँ”

“जो चाहे पूछें...पूछिए।”

“क्या आपने कभी प्यार किया है?”

ख़ामोशी!

“आपकी पसन्द का रंग?”

“याद नहीं आ रहा है... ।''

“आपका पसन्दीदा देश?''

“सब एक से हैं।”

“आपका पसन्दीदा खाना?”

“आपकी उम्र क्या होगी ख़ानम?”

"कुछ ज़्यादा नहीं क्यों?"

"बच्चों जैसे सवाल हैं... ।"

"बड़े सवालों का जवाब आपने दिया नहीं।"

"यह निजी सवाल क्यों? आप रोज़नामा निगार की तरह सवाल-पर-सवाल कर रही हैं। दरअसल आप दिमाग़ी बीमार हैं ख़ानम! दिमाग़ी!'' आवाज़ में चिड़चिड़ाहट-सी थी। फिर लहजा सँभाल कर बोला, आप ज़िन्दगी के बारे में बात करें, अपनों के बारे में कुछ बताएँ, तभी तो दिल का बोझ हल्का होगा!" सायरस की आवाज़ का खुलूस सुरभि के दिल को पिघला-सा गया।

"आप ठीक कहते हैं...मैं आपको अपने बारे में बताती हूँ...मैं एक हिन्दुस्तानी औरत हूँ और अविवाहित... ।"

"आप इतनी दूर से फ़ोन करती हैं, मेरा नम्बर कहाँ से मिला?"

"अन्दलीप से। वह मेरी दोस्त है फिर आप कवि हैं, इंडोलॉजिस्ट हैं, इंटरनेट पर आप मौजूद हैं, फिर आपको पढ़कर प्रभावित होना ख़ास कर मौत के बारे में। आपकी लिखी नज़्मों का कोई जवाब नहीं।"

"पता नहीं! किसकी बात कर रही हैं...कौन अन्दलीप?"

"मैंने शादी नहीं की यह एक इत्तफ़ाक़, एक ईरानी से मुलाक़ात हुई जो मुझ से शादी करना चाहता था, मैंने इनकार किया, क्योंकि मैं किसी से इंगेज थी। उसने मेरी मजबूरी समझी। वह मेरा दोस्त बना, सादा दोस्त लेकिन वही सादगी बाद में मुहब्बत में बदली, तब तक देर हो चुकी थी। मैंने यह सच मंगेतर को बताया तो उसने मुझे छोड़ दिया, मैं कटी पतंग की तरह फ़िज़ा में मँडराने लगी। फिर क्रान्ति का हंगामा और उस तूफ़ान में मेरा दोस्त ग़ुम हो गया। आप मेरा हाल जान सकते हैं...अपना दिल हर एक के सामने कोई खोल भी नहीं सकता है। क्या आपने अपना कोई खोया है?"

"खोया तो मैंने बहुतों को है, दोस्त, उस्ताद, रिश्तेदार... दर्दनाक हैं...सब कुछ दर्दनाक है। आदमी को इन हादसों के सामने मज़बूती से खड़ा होना चाहिए। आप बिल्कुल दिल छोटा न करें, मैं ईरान जा रहा हूँ। आप ईरान आ सकती हैं? हम दोनों मिलकर उसे ढूँढ़ेंगे...खुदा आपको जल्द इस मर्ज़ से शिफा दे। मैं आपको फिर फ़ोन करूँगा, आप अपना मोहसिन, ग़मगुसार, मुखलिस समझ कर मुझे कभी भी फ़ोन कर सकती हैं...।" सायरस को महसूस हुआ यह ज़मीनी बला ज़रूर जासूस है वरना...

"शुक्रिया, खुदा करे मेरे सारे नतीजे निगेटिव निकले, ताकि मैं जल्द-से-जल्द आप तक पहुँचूँ...।"

"आपने फ़ारसी कैसे सीखी?"

"उसी दोस्त के साथ बातें कर सुरभि ने कहा।" फिर लम्बी गहरी साँस लेकर बोली, "यार की ज़बान तो आ ही जाती है, मगर वह कहता था कि हाफिज़ ने एक बात और कही है कि इश्क़ की कोई ज़बान नहीं होती है।"

"हाफिज़...हाफिज़ याद नहीं आ रहा है।" थकी-सी सायरस की आवाज़ उभरी।

"याद करें। आपको बनफशई रंग पसन्द था बैगनी और नारंगी।"

"अब फ़ोन रखूँ? कल फ़ोन फिर करूँगा।" उकताई-सी आवाज़ में कहा गया!

"ठीक है।" एक सतरंगी तरंग थी जो उसकी शिराओं में दौड़ रही थी। उसे लट्टू की तरह नचाये हुए थी। कई लोगों की शक्ति जैसे उसमें दाख़िल हो चुकी थी। वह पता नहीं किस धुन पर खाना पकाने से लेकर ऑफ़िस, मीटिंग, राइटिंग सभी कुछ कर रही थी।

रात को सुरभि ने स्टोर रूम में रखा बड़ा बक्सा खोला। जहाँ वह क़ालीन अन्य सामान के साथ तह किया हुआ रखा था। उस बक्स में छोटी-सी डायरी भी पड़ी थी। उसे उठाकर सुरभि ने

खोला, जिसमें कुछ फ़ोन नम्बर और पते के साथ कार्यक्रम की सूची भी थी। कुछ बेतरतीब से नोट किये गये थे—जैसे दोनों देशों की सीमा रेखा 1947 तक एक थी। ईरान-इंडिया के बीच डिप्लोमेटिक सम्बन्ध 15 मार्च, 1950 में बने। शाह रेज़ा आर्या मेहर 1956 में इंडिया आये और पण्डित नेहरू 1959 में ईरान गये। ईरानी रेवुल्यूशन 1979 के बाद ईरान-इंडिया के बीच बड़े पैमाने पर आना-जाना और व्यापारिक सम्बन्ध बने।

पढ़ते-पढ़ते सुरभि को हँसी आ गयी। उसे याद आया ईरान के बारे में जब उसे कुछ भी नहीं पता था, तब इस तरह की छोटी-छोटी बातें भी हम सब नोट किया करते थे। उसने पन्ना पलटा जिस पर लिखा था, 'मण्डल कमीशन वाला लेख जाने से पहले फेयर करना है।' राजनीतिक तनाव और श्रीमती गांधी की हत्या 31 अक्टूबर, 1984, उसके बाद भीषण रूप से सिक्खों की हत्या। ईरान की पहली यात्रा के समय ही यह डायरी और आज दस-बारह वर्ष के अरसे में उसकी नॉलेज का दायरा ईरान के बारे में कितना बढ़ा है। उसमें लाल रिबन में बँधे कुछ ख़त थे, जो सायरस ने पहली मुलाक़ात के बाद लिखे थे, जबकि कुछ ख़त दूसरी ईरान यात्रा के बाद लिखे गये थे। उसने एक ख़त खोला और पढ़ने लगी!

अज़ीज दोस्त!

आज मौलवी का वह शेर तुम्हें भेज रहा हूँ जो उन्होंने मजनूँ की मुहब्बत पर लिखा था। मजनूँ चाहता था कि लैला को ख़त लिखे, क़लम उठाया और यह बैत लिखी—

तुम्हारी याद आँखों में बसी है
ज़ुबाँ पर नाम तुम्हारा है
तुम मेरे दिल में बसी हो,
जब मेरे पास हो तुम तो फिर
ख़त लिखने का क्या मतलब?

मजनूँ ने क़लम तोड़ दी और ख़त फाड़ दिया। मैं तुम से अपनी बात कहना चाहता हूँ—*"तुम से हम कलाम न हूँ तो भी हम कलाम रहता हूँ।"*

सुरभि ख़त पढ़कर मुस्कुरा उठी और दूसरा ख़त खोलकर बड़े चाव से पढ़ने लगी फिर उसकी नज़र क़ालीन पर पड़ी, जिस सुर्ख़ी और कत्थई मायल सियाह का वह डिज़ाइन तीन सौ साल पुराना था। वह एंटिक पीस था, जिसको ईरान से विदा होते हुए सायरस ने उसे भेंट किया था।"

"पिता के मरने के बाद उनकी चीज़ों के बँटवारे में यह क़ालीन मेरे हिस्से में आया था। इससे क़ीमती तोहफ़ा आपके लिए और क्या हो सकता है।"

सुरभि ने उसकी खुरदुरी डिज़ाइन पर हाथ फेरा था। कई जगह किनारे से फुसड़े निकल रहे थे वह ऊन के धागों से बुना नायाब क़ालीन था।

" 'एंटिक पीस' है न पास में कोई रसीद है और न...अगर कस्टम में पकड़ी गयी तो?" सुरभि ने चलते हुए सायरस से कहा था।

"निडर होकर जाइए, अमेरिकी प्रभाव के इस देश में लोग अब चमकीली-चटख चीज़ ख़रीदते हैं, यह तो उनके लिए कूड़ा-कबाड़ा है, जैसे उनके पूर्वजों के ग्रन्थ।"

भारत लौट कर सुरभि ने कस्टम से निकलकर राहत की साँस ली और सायरस की बातों को याद कर मुस्कुराने लगी। अपनी सभ्यता एवं संस्कृति से जितना उसे प्यार है उतनी ही नफ़रत उसे उन देशों से है, जिन्होंने उसके देश का दोहन किया है।

भारत लौटकर सुरभि ने कश्मीरी बुनकरों से कहा था कि वे इसकी मरम्मत कर दें, मगर उन्होंने अपनी मजबूरी बताते

हुए कहा कि इतना बारीक और शानदार बुनावट का काम अब हमारे यहाँ कोई नहीं जानता है। पापा ने उसे अपने स्टडी रूम में लगाया था फिर पुताई के लिए जो उतारा गया तो फिर दीवार पर लगा नहीं।

क़ालीन के उस टुकड़े को देख ही रही थी कि अचानक उसके फ़ोन की घण्टी बज उठी। वह अतीत से वर्तमान में आ गयी।

सायरस का फ़ोन होगा। उसने उसे नया नम्बर दिया था। हाल-चाल लेने और टेस्ट के नतीजे के बारे में जाने के लिए सायरस ने फ़ोन किया था। उसने कराहते हुए बताया कि कुछ टेस्ट नतीजें निगेटिव आये हैं, जिससे घर वालों को बहुत तसल्ली मिली है और उसे राहत। अब तीन-चार दिन बाद बाक़ी टेस्टों का भी पता चल जायेगा।

"मैं फ़ोन करूँगा, आप तन्हा नहीं हैं। आप ही की तरह एक लड़की थी। बहुत प्यारी। फिर मिली नहीं। कभी-कभी एक परछाईं-सी आकर गुज़र जाती है।"

"आबी साड़ी और खुले लम्बे बाल, जिसका ज़िक्र आपने कहीं अपनी किताब में किया है?"

"मैंने...मैंने तो नहीं? मैं राइटर नहीं हूँ, मेरी कोई किताब नहीं हैं...आप पहले भी ग़लतफ़हमी में थीं...आपकी उम्र तो लगता है ज़्यादा नहीं जो याददाश्त की परेशानी हो...वैसे तो बीमारी अब उम्र देखकर नहीं आती।"

"मैं आपसे चार साल छोटी हूँ और याददाश्त की पुख़्ता हूँ।"

"आपको कैसे पता मेरी उम्र का जो...।

"आपकी आवाज़ से...मैं आवाज़ की माहिर हूँ ऊपर वाले की रहमत से।"

"अजब...और चेहरा देखकर भी?"

"चेहरा और आँखें नहीं...ये दोनों ख़ुद बोल देते हैं, मगर 'बाडी लैंग्वेज' ख़ूब पकड़ती हूँ। अब बताये आपको पैदाइश के साथ ख़ुदा ने क्या-क्या ख़ूबियाँ दी हैं?

"मैं...? मैंने कभी अपने बारे में नहीं सोचा...? वाक़ई मैं कौन हूँ...शायद एक बीमार! कुछ नहीं पता मुझे...उफ़्! कभी-कभी मुझे ग़ुस्सा बहुत आता है।"

"इसका मतलब आप मेरे बारे...।"

"ख़ानम गुल! बात को समझे ज़िन्दगी के फ़लसफ़े को लेकर बात कर रहा हूँ...अभी मेरी बहन बीमार थी। मैं उसी के साथ रह रहा हूँ। वह बीमार पड़ी तो मैं पूरे अड़तालीस घण्टे उसके पास बैठा रहा। न खाया गया, न पिया गया। यह उन्स है, जो सबके साथ नहीं पनपता, कुछ ख़ास शख़्स होते हैं। चाहे अपने, चाहे पराये, उनके साथ अटूट रिश्ता बन जाता है। बहरहाल मैं ख़ुश हूँ कि आपकी तबीयत बेहतर हैं, पहले से बहुत बेहतर...काश! मैं हिन्दुस्तान आ सकता। मुझे उसके बारे में बहुत कम पता है।"

"शकुन्तला के बारे में?"

अब यह कौन हैं?

"शकुन्तला, राजा दुश्यन्त की प्रेमिका—उसकी कहानी भी नहीं जानते?"

"वाकई मैं नहीं जानता इसमें आप इतनी परेशान क्यों हो उठीं...साँसें सँभालें...। आप क्या करीम को जानती हैं?"

"नहीं।"

"वह मेरा मेल नर्स है। मैं उसे जानता हूँ वह सीरिया से है।" फिर रुक कर बोला।

"दुनिया बहुत बड़ी है। सारे लोगों के बारे में जानना दूर, लोग तो अब अपने पड़ोसियों तक को नहीं पहचानते ज़माना बेमुरव्वत और इन्सान ख़ून सर्द हो चुका है। जो है वह दौलत है, आराम है, हवस है, जवान बने रहने की ललक है!" इतना कह सायरस ज़ोर से हँस। तो सुरभि भी हँसी।

"यह खनखनाती हँसी मैंने पहले भी सुनी है, जवान, ताक़त से भरपूर।" उलझते हुए सायरस बोला।

"वह मेरी ही थी।" सुरभि ने झट से कहा।

''हो सकता है...कुछ भी हो सकता है। आप थक रही होंगी, अब आराम करें, बहुत लम्बा फ़ोन हो गया।

''आपका पता मेरे पास होता तो ख़त लिखती। आपका शुक्रिया, आपको खुदा को सौंपा।" कह कर सुरभि ने फ़ोन जल्दी से काटा। पता नहीं उसका गला फँसने क्यों लगा था। एक अनकही रुलाई जैसे उसकी पलकों के दरवाज़े को लगातार पीट रही हो। उसने आँसुओं को पीने की कोशिश की, मगर वे उबले पानी की तरह नीचे लुढ़क ही पड़े। यह ख़ुशी के आँसू थे या फिर दुख के, ज़बान पर जाकर महसूस हुआ खारा मीठा-सा स्वाद है। ठीक ज़िन्दगी की तरह।

उसने होंठों पर एक बार फिर ज़बान फेरी और हाथ और हथेली पर गिरी बूँदों को उसने कुछ इस शिद्दत से चाटा जैसे बचपन में स्कूल के बाहर मिलने वाली चूरन की नन्ही पुड़िया को। उसने गहरी साँस भरी।

बिखरा, अभी भी बिखरा है।

पहले सब खोया था, तलाश बाक़ी थी, अब तलाश ख़त्म हुई तो दिमाग़ी कम्प्यूटर से सारा डाटा ही उड़ गया। दो देशों के प्रतिनिधि आमने-सामने बैठे हैं और आर्थिक योजना अनुबन्ध पर दस्तख़त कर एक दूसरे से हाथ मिलाते है। मुस्कुराहट और क्लिक-क्लिक के साथ तालियों की गड़गड़ाहट...कितनी बार उसने पत्रिका और समाचारपत्र के लिए ऐसे दृश्य को काग़ज़ के फ्रेम में शब्दों की तस्वीर से जोड़ा है। कभी माइक साधा है, तो कभी कैमरा, कभी ताली बजायी है तो कभी बधाई दी है। लेकिन संवेदना के इन सिरों को पकड़ना कितना कठिन लग रहा है।

अगर सायरस का मुझे बाकायदगी से बढ़िया इलाज कराना होगा तो उसे इससे बेहतर नौकरी की तलाश करनी पड़ेगी।

नौकरी?

इलाज?

दो देश?

उसने काग़ज़ पर लिखा, फिर उस पर माथा टिका दिया। यह सुडोकू कैसे हल होगा, कैसे? माँ को बताने का मतलब है भावना के स्तर पर सब कुछ और उलझा देना।

विजय अंकल...घुप अँधेरे में यह नाम बल्ब की तरह जल उठा।

उनका ट्रांसफर होते-होते फिर रुक गया है।

शायद यह संयोग मेरे लिए हो...हाँ यह मेरे लिए ही है।

आकाश अनेक सूफीयाना रंगों से सजा था। सूरज डूबने ही वाला था। अचानक नारंगी रंग की पुड़िया जैसे बादलों पर गिर कर बिखर गयी थी। पूरा माहौल एकाएक हल्के सन्तरी रंग का हो उठा और ख़ुद सूरज किसी सन्तरे की तरह लुढ़क गया। सुरभि कार चलाते हुए इस दृश्य को देख उसके अन्दर भी जैसे नारंगी रंग का फौव्वारा छूट रहा था। रात-दिन का यह मिलन, झुटपुटे की यह सुरमई अँगड़ाइयाँ, स्ट्रीट लालटूस की गोलाइयों में फीके आसमान पर उभरता चाँद का फीका नीलाहट लिये सफ़ेद चेहरा जैसे सन्नाटे से डरी हुई कोई किशोरी। बढ़ते अँधेरे के बीच बनावटी रोशनी ने आसमान पर टिमटिमाते सितारों को कुछ देर चमकने तो दिया, मगर ज़्यादा देर नहीं।

सुरभि ने व्याकुलता से इधर-उधर देखा और ट्रैफिक जाम से निकलने की कोई राह ढूँढ़ने लगी, मगर बीच की लेन में फँसे होने के कारण उसे कोई उपाय समझ में नहीं आया।

उसने आधी खुली खिड़की के शीशे पूरे बन्द किये और विजय अंकल को फ़ोन लगाया। आवाज़ साफ़ नहीं थी, मगर वह अपनी बात कहने में कामयाब हो गयी। उन्हें यह बात ही हज़म

नहीं हो पा रही थी कि सायरस का पता नहीं मिला, परन्तु उससे बातें भी हो रही हैं। सुरभि ने सायरस की बीमारी का ज़िक्र उनसे इस ख़्याल से नहीं किया कि अभी अंकल काग़ज़ी तौर से क़ानूनी गुत्थी सुलझा दें कि ऐसी शादियाँ जो दो सरहदों को लेकर होती हैं, उनमें आने-जाने की सुविधापूर्ण स्थितियाँ कौन-सी और कैसी होती हैं फिर वह पेचीदा परिस्थितियों को उनके सामने खोलेगी। उसने अन्दलीप को फ़ोन मिलाया। अन्दलीप ने अपने दिये वचन को निभाया और विस्तार से बात की, उसे सब कुछ जान-सुनकर बहुत अच्छा लगा, मगर उसने इस बात पर ज़रूर हैरत जताई कि ये बातें उसको सायरस ने क्यों नहीं बतायी। न उस असली सायरस ने और न याददाश्त खोये सायरस ने, शायद इस बीमारी की कोई पेचीदगी होगी।"

"सुनो अन्दलीप, मुझे शादी करनी है, ताकि मैं परिवार का हिस्सा बन ज़िम्मेदारी बाँट सकूँ।"

"कुर्बान बे रम!'' सच जानो, मैं तो इस मुबारक घड़ी का कब से इन्तज़ार कर रही हूँ। तुम इस सिलसिले से गुलनार से भी बात कर लो, हम तो हर चीज़ आसान कर देंगे, मगर दूसरा सायरस भी तो शादी पर राज़ी हो। तुम पता नहीं किस स्थिति में उसे पाओगी और दूसरी स्थिति में उसके आने तक का इन्तज़ार करोगी?" ख़ुशी से भरी आवाज़ अचानक उदासी में बदल गयी?

"ज़िन्दगी भर...जैसे तुम सारे भाई-बहन उसे सँभाले हुए हो!"

"ख़ुदा तुम पर रहम करे।" अन्दलीप ने कहा।

फ़ोन बन्द हो गया, मगर सुरभि अपने ज़हन को इन उलझनों से नहीं काट पायी। कारें हार्न बजातीं आगे सरकना शुरू हो गयी थीं और वह सकते के आलम में अन्दलीप के आख़िरी जुम्ले के बारे में सोच रही थी।

"अगर ख़ुदा ने रहम न किया तो?"

"तब मेरी ज़िन्दगी की शक्ल क्या होगी?"

"सिर्फ़ फ़ोन पर बातें करते हुए वक़्त गुज़ारना होगा?"

"अलविदा भी हमें फ़ोन पर करना हो और एक दूसरे को कन्धा भी न दे पायेंगे और न आख़िरी स्पर्श कर पायेंगे?"

बचपन से मैं नास्तिक रही हूँ। भगवान की मूर्ति के आगे कभी सर न झुकाया। इतने वर्षों तक भगवान को पहचाना नहीं, अब वह एकाएक कहाँ से आ गया?

मुझे तो कुछ माँगना भी नहीं आता सिवाय मेहनत करने के, मैंने शार्टकट कभी नहीं अपनाया। लेकिन इस बन्दे के लिए प्रार्थना करूँगी।

"उसे पाने के लिए हर दरगाह, हर आस्ताने पर माथा टेकूँगी।"

गुरुद्वारे की सीढ़िया धोऊँगी, गिरजाघर में पोंछा लगाऊँगी, मन्दिर में झाड़ू लगाऊँगी, हर जगह मेहनत का पसीना गिरा कर उसे मागूँगी, जो मेरी ज़िन्दगी है, जो मेरी साँसों में बसा है। मेरी हर साँस उसी के नाम है और वह ज्योत बन मेरी आत्मा में जलती है।

सायरस मैं हज़ार जान से तुम पर फिदा हूँ और तुम मुझ पर।"

"मैं तुम्हारी आँखों की ज़बान पढ़ चुकी हूँ।"

"अपनी साँसों में तुम्हारी साँसों को हर पल महसूस करती हूँ।"

"मैं आशिक हूँ तुम्हारे उन सरोकारों की, जो मेरी सोच के क़रीब है।"

"हम जल्द ही मिलेंगे और मैं तुम्हें दुनिया का सबसे हसीन तोहफ़ा सोहराब की शक़्ल में दूँगी, जो तुम्हारी तरह अहरीमन से लड़ेगा, इस दुनिया में बुराई की जड़ों को हिला कर नेकी और ख़ैर लायेगा।"

सुरभि पर से जब भावनाओं के जलप्रपात का वेग कुछ हल्का हुआ तब उसने गुनगुनाना शुरू कर दिया।

"हम होंगे कामयाब...हम होंगे कामयाब एक दिन..."

दुकान के सामने कार पार्क कर वह नीचे उतरी और ड्राइवर से बोली, "आप कुछ खाना-पीना चाहें तो...मैं दो घण्टे लगाऊँगी।"

"जी मैम!"

सुरभि ने पर्स से शॉपिंग की लिस्ट निकाली और चलते-चलते उस पर नज़र डाली।

कल रात विजय अंकल ने मोटे तौर से बातें बताते हुए कहा था कि क्यों नहीं वह भाभी को लेकर एक चक्कर ईरान का लगा ले, ताकि आमने-सामने गुफ़्तगू हो जायेगी। भाभी ईरान देख लेंगी, मौक़ा देखकर सारी बातें खोल कर रख देंगे। सुनन्दा उन्हें सँभालेगी और मेहरमाह का बहू वाला रूप भी देख उन्हें ढाँढ़स बँधेगा। उसे विजय अंकल की कूटनीतिज्ञ व्यक्तित्व का घरेलू पक्ष का पता कल रात चला तो वह भी सूची बना बैठी कि क्या ख़रीदा जाये और कैसे अन्दलीप और माँ को मिलाया जाये ताकि पहली नज़र में वे एक दूसरे की दोस्त हो जायें।

सुरभि माल से जब निकली तब ड्राइवर ने आगे बढ़कर सारे पैकेट ले लिये।

"गाड़ी अब आप चलायेंगे।" कहती हुई सुरभि पान की दुकान की तरफ़ बढ़ी, दो मीठे पान लगाने को कहा। उसे पापा की याद आयी, जब वह ख़ुशबूदार पान मुँह में रख कर चबाते तब वह मचल जाती, तो वे मनाने के लिए काग़ज़ की पुड़िया उसके हाथ में थमा देते जिसमें गुलकन्द होता या मीठी सुपारी। पान वाला हँसता था और अभी भी वह दबे होंठों से मुस्कुराता है। जब सुरभि ये चीज़ें बँधवाती है! पान की प्लास्टिक पुड़िया पर्स में डाल वह कार की तरफ़ बढ़ती है।

घर पहुँच कर वह पहले मीठा पान माँ को खिलाती है, फिर सोफ़े पर बैठ कर माँ से गप मारना शुरू कर देती है फिर बातों-बातों में ईरान चलने को कहती है।

"तुम्हें एकाएक ईरान जाने की झक क्यों सवार हो गयी? और मैं वहाँ जाकर क्या करूँगी, बोलो?" माँ ने झल्ला कर पूछा।

"घूमोगी, आराम करोगी, हम कब से कहीं साथ-साथ नहीं गये हैं।"

"तो फिर ईरान क्यों, कहीं और क्यों नहीं?"

"इसलिए कि दूसरी जगह विजय अंकल नहीं हैं।"

"तो घूमने आदमी इसलिए कहीं जाता है कि पहले से वहाँ कोई मौजूद रहे, यह पहली बार सुना है।"

"मॉम, यूँ मुझे परेशान मत करो, चलो न, तुम्हें लगेगा ही नहीं कि विदेश में हो, लगेगा चाचा या मामा के घर आये हैं।" ठुनकती-सी सुरभि बोली।

"तुम वहाँ जाओ मैं मामा के पास मुम्बई जाती हूँ।" अपनी मुस्कान छिपा माँ बोली।

"तुम मॉम, बहुत नाटी होती जा रही हो, नहीं बोलती तुमसे कुट्टी।" सुरभि बचपन की सुरभि में ढल गयी।

"मेरी भी कुट्टी।" माँ ने हल्के मूड में कहा और बड़बड़ाई, ''हर चार दिन बाद ईरान का दौरा पड़ जाता है इसे।''

"ठीक है।" सुरभि ने अपने ख़रीदे सामान की तरफ़ डबडबाई आँखों से देखा, फिर उन्हें उठाते हुए बोली, "मैं अकेली ही चली जाऊँगी।"

सुरभि थके क़दमों और रुहाँसा चेहरा लिये आगे बढ़ी। माँ होले-हौले बड़बड़ा रही थीं। "मुसलमानों का देश हैं, ऊपर से मांस-मछली सेवन और सोने पर सुहागा हर दम कोई टंटा चलता रहता है, वहाँ घूमना-फिरना क्या होगा, खाक?"

दो दिन तक घर में शीत युद्ध का माहौल बना रहा। सुरभि का मुँह फूला और माँ का लटका रहा। रेखा अपने बच्चों के संग दोपहर बिताने न आ जाती, तो दोनों में बात करने का सिलसिला शुरू भी न होता। शाम तक सब कुछ सहज हो गया और माँ ईरान चलने को राज़ी-सी लगी। पता नहीं यह कमाल बच्चों द्वारा माँ

को दी गयी ख़ुशी थी या फिर रेखा, सुरभि की आपसी बातों में ईरान का ज़िक्र का आना था।

रेखा का मन भी ईरान जाने का चाह रहा था, मगर खर्चे के ख़्याल से चुप थी। तफरीह पर एक साथ कई लाख गँवा देना कोई अक़्लमन्दी नहीं है, जबकि बच्चों की हायर एजुकेशन सामने है, जहाँ ख़र्चा-ही-ख़र्चा है। सुरभि के लिए भी अपने ख़र्च पर जाना कोई सरल प्रक्रिया नहीं थी, न छुट्टी के लिहाज़ से, न काम के लिहाज़ से। उसे कोई तुक्का तो बैठाना पड़ेगा, ताकि यात्रा का खर्च अख़बार के खाते में जा सके। विदेश मन्त्री से मिल कर, ईरान पर बात करने के बहाने जाने का कोई रास्ता निकल आये और क्या पता जो वह ख़ुद जा रहे हों तो साथ भी जाया जा सकता है।

माँ को ईरान का प्राकृतिक सौन्दर्य भा गया। गज़ भर रोटी देख उनकी हँसी ही नहीं रुक रही थी। विजय अंकल की दी छोटी-सी पार्टी में दूतावास के अफ़सरों की और व्यापारियों की पत्नियों से मिल कर जो माँ का कायापलट हुआ है, उससे उनकी ईरान के बारे में यह पुख़्ता राय बन गयी कि दोनों देशों में पुराना रिश्ता जो भी हो, मगर नया रिश्ता भी पनप रहा है और ईरानी भारतीयों को बहुत प्यार करते हैं। सुनन्दा ऑन्टी तो वैसे भी अपनी बहू मेरहमाह की मीठी बोली, अदब तहजीब की दीवानी हो चुकी थीं। माँ और सुनन्दा ऑन्टी इंडिया और ईरान की तुलना करती और ख़ालिस और मिलावटी चीज़ों की चर्चा करती न थकती थीं।

यहाँ पर पहुँच कर पता चला कि अन्दलीप को अचानक गुलनार के पास अमेरिका जाना पड़ा। उसने बताया तो कुछ भी नहीं, मगर सुरभि का दिल कह रहा था कि ज़रूर कोई बात सायरस से जुड़ी हुई है।

विजय अंकल ने एक शाम माँ को ख़ुश देखकर सुरभि के विवाह का ज़िक्र छेड़ दिया, जो उनकी दुखती नब्ज़ थी।

"आप उसे ज़िन्दगी में जमने दें। उसकी ख़ुशी आपकी ख़ुशी होनी चाहिए। सायरस बहुत शानदार आदमी है देखने में भी और बरतने में भी। इस समय ईरान की चोटी के कवियों में जहाँ उसका नाम शुमार है, वहीं वह मशहूर इंडोलॉजिस्ट भी है। भारत को ग़रीब और बेचारा देश नहीं समझता, बल्कि उसकी महिमा का बखान करता नहीं अघाता। मेरी राय से आप यहाँ आयी हैं, तो उसके बहन-भाई से मिलें, सुना है वह आजकल बड़ी बहन के यहाँ है, क्या पता कल की फ़्लाइट से आ ही जाये।"

"देखो भई विजय! मुझे अपनी तरह सोचने दो, ज़ोर डालोगे तो मेरी अक़्ल गुम हो जायेगी और दिमाग़ चलना बन्द हो जायेगा।"

"ठीक है भाभी।" विजय कुमार हँस कर बोले।

रात के खाने पर सुरभि ने बताया कि ''सायरस अन्दलीप और अब्बास जिस दिन अमेरिका से तेहरान पहुँच रहे हैं, उसी दिन उनकी इंडिया वापसी है?''

''यह सब चलता है। मैनेजेबिल है। तुम आराम से आने दो दामाद साहब को, आख़िर मेरा भी कुछ फ़र्ज़ है। उसका पाठक जो ठहरा।" विजय अंकल ने गहरी मुस्कुराहट के साथ सीना चौड़ा करते हुए कहा।

खाना चहचहाते परिन्दों की दावत की तरह समाप्त हुआ।

रात को सोते हुए हमेशा की तरह सुरभि ने माँ की कमर पर हाथ रखा और सीधे उनकी आँखों में झाँकते हुए पूछा—

"माँ, तुम ख़ुश हो न?"

"हाँ, तेरी गृहस्थी बसेगी, बच्चे होंगे, मेरे आगे पीछे नानी कहते घूमेंगे। इस बात की कल्पना ने मेरा कई चुल्लू ख़ून तब से अब तक बढ़ चुका है।"

"माँ, मुझे सीने से लिपटा कर प्यार करो।"

“सदा सुहागिन रह मेरी बच्ची, कोख माँग से ठण्डी।” इतना कह माँ ने उसकी माँग को चूमा और उसे ज़ोर से लिपटाया।

“माँ, पापा इस मौक़े पर क्या करते...सोच कर बताओ?”

“वह तुम्हें लिपटाते, सीने से लगा तेरे माथे का चुम्बन लेते फिर ढेर सारी आसीस देते कि फलो-फूलो...और...” माँ की रुलाई छूट गयी। लगा जैसे आज ही उसकी विदाई हो रही है वह भी हिचकियों से रोने लगी।

इस तरह रोना दोनों के सीने में जाने कब से मचल रहा था। आज मौक़ा मिला तो लगा बाँध तोड़ पानी पछाड़े मार बैठा हो।

माँ, बेटी एक दूसरे को सहलाती सुबकती जाने कब गहरी नींद में डूब गयीं।

सपने में वह एक ही आदमी को देख रही थी या फिर नये रिश्ते के चँदवे के नीचे बैठे दूसरे आदमी के संग भविष्य को सजावट में नयी ज़िन्दगी का सपना देख रही थीं।

ताज़ा हवा के झोंके सुनहरी रोशनी लिये कमरे में सुबह की आमद की आहटें दे रहे थे। हल्की खुनकी नथनों में सरसराहट-सी भर रही थी। पास सोई सुरभि पर माँ की नज़र पड़ी। आँखों में नींद का खुमार अभी पूरी तरह उतरा न था। उन्हें दिखा जैसे ‘बनी ठनी’ पेंटिंग का रूप लिये कोई पास लेटा है। माँग में सिन्दूर, माथे पर लाल बिन्दी, बालों में सफ़ेद गजरा और नाक में हीरे की बड़ी-सी कील से लटकती नथ, जिसमें पड़े सफ़ेद लाल मोती। आँखों में कज़रारे डोरे और होंठों पर लाल लिपिस्टिक।

दिल चाहा सुहागिन बेटी का मुँह चूम लें, वह चूम भी लेती अगर सुरभि ने नींद में करवट न बदली होती।

सारे दिन उनकी आँखों में वही तस्वीर अटकी रही, जो बेटी के चेहरे पर जाकर चिपक गयी थी।

एक बात तो सबने महसूस की थी कि सुरभि के चेहरे पर एक अजीब लावण्य आ गया था। बिना मेकअप का चेहरा

ज़बर्दस्त कशिश से भर चुका था। आँखों में एक ऐसा ख़्वाब था, जिसमें अजीब नशीली-सी कैफ़ियत थी। सुरभि के अन्दर की दुनिया बदली थी, तभी बाहर से इतनी आकर्षक दिख रही थी।

उसका अपना दिल यह सोच-सोच कर बड़ी बेक़रारी से धड़क रहा था कि वह पहली बार सायरस का सामना कैसे कर पायेगी। उससे आँखें कैसे चार कर पायेगी। सबके सामने उसे देखकर कैसे सहज बनी रहेगी फिर ख़ुद ही शरमा कर सोचती कि वह पहले अकेले में एक बार सायरस से मिल लेगी, फिर सबके साथ मिलेगी। इस ख़्याल के आते ही उसने लम्बी-गहरी साँस ली और लैपटॉप खोल कर बैठ गयी। ऑफ़िस की ख़बरें तो पल-पल पर मिल रही थीं। उसने अपना एडिटोरियल लिख कर भेज दिया था। आज एम्बेसी से घर आये अख़बारों को भी सरसरी नज़र से देख-पढ़ लिया था।

दोपहर को अन्दलीप का फ़ोन आया।

"हम पहुँच चुके हैं। सायरस ठीक है हम कल मशहद की तरफ़ निकल रहे हैं।"

"क्या मैं सायरस से मिल सकती हूँ...मम्मी भी आयी हुई हैं...वे भी मिलना चाहती हैं। तुमसे और हमारी शादी की बातें भी तभी तय हो जायेगी।"

"तुम मिल लो, मगर तुम्हारी मामान को मशहद जाना पड़ेगा, आख़िर सायरस की मामान को भी 'दास्ताने इश्क़' तुम लोगों की! एक बार फिर से बताना होगा।" अन्दलीप इतना कह कर बड़ी मीठी हँसी हँसी।

"ठीक है।"

"तुम शाम को आ जाओ, मगर मैं तुम से पहले अकेले मिलना चाहती हूँ।"

"घर पर या बाहर...?"

"घर के पास जो पेस्ट्री की दुकान है उसके कैफे में...'बहार' नाम है।"

"पाँच बजे पहुँच जाऊँगी।" सुरभि ने फ़ोन रखकर कमरे से निकल बाहर आयी और विजय अंकल के क़रीब जाकर बोली–

"वे लोग आ चुके हैं और मैं उसकी बहन से मिलने जा रही हूँ पाँच बजे।"

"ख़ुशख़बरी...मुँह मीठा कराओ।"

"लौटते हुए पेस्ट्री लेकर आती हूँ।"

'बहार' पहुँच कर सुरभि को लगा सचमुच की बहार आ गयी है। 'फूलों और घने पेड़ों' की तस्वीरों से दीवारें सजी थीं। फ़र्श भी गदबदी घास का क़ालीन लग रहा था। मेज़ पर शबनम के मोतियों से भरे कँवल के पत्तों की तस्वीरें थीं। जिनके बीच से तेज़ गुलाबी रंग की कलियाँ अधखिली-सी नज़र आ रही थीं।

अन्दलीप पहुँच चुकी थी। दोनों ने सलाम कर हाथ मिलाया फिर एक-दूसरे के गालों का बोसा ले एक-दूसरे के गले मिलीं। दोनों जज़्बात की शिद्‌दत से काँप रही थीं।

"कैसी हो सुरभि, उतनी ही ज़ीबा (सुन्दर) उतनी ही नाजुक।"

"तुम कहाँ बदलीं?"

"चाय के साथ क्या लोगी...?" मिलने और हाल-चाल पूछने की औपचारिकता से निकलने के बाद फ़ौरन अन्दलीप ने पूछा। ऐसा लगा जैसे उसे जल्दी है।

"सादा केक...।"

"तुम अपनी यह दीवानगी छोड़ नहीं सकती सुरभि? सायरस का हाल उतना अच्छा नहीं है कि उम्मीद बाँधी जाये कि एक दिन सब अच्छा हो जायेगा। डरो मत...न सम्बन्ध कहीं जाते हैं और न इश्क़ ख़त्म होता है वह एक दायमी चीज़ है, लेकिन दुनियादारी भी एक हक़ीक़त है...। हम भाई-बहन उसे इंडिया कैसे जाने दे सकते हैं? अभी सब मिलकर देखभाल करते हैं और तुम यहाँ शादी के बाद रुकती हो तो सिवाय रंज के तुम कुछ नहीं पाओगी। इस उम्र में तुम्हारी माँ को गहरा सदमा लगेगा। यह मत समझना कि हम तुम्हें चाहते नहीं या हम तुम्हारा हौसला पस्त करना चाहते हैं,

मगर सच्चाई भी तो तुमसे छुपा नहीं सकते। सायरस का मिज़ाज पहले वाला नहीं रह गया है। ग़ुस्से में वह ऐसी बातें कह जाता है कि उसे सहना मुश्किल हो जाता है। यादों को यादें ही रहने दो, इसी में भला है हम सबका!" अन्दलीप ने सुरभि के दोनों हाथों को अपनी गर्म हथेलियों में भींचते हुए कहा, उसकी आँखों के डोरे सुर्ख़ हो गये थे।

"मैंने अल्ज़ाइमर के बारे में सब कुछ पढ़ लिया है और माँ ने भी...लेकिन माँ को अभी सायरस की बीमारी के बारे में कुछ पता नहीं है।"

"जब पता चलेगा तब कौन सी क़यामत उन पर टूटेगी, जब वह तुम्हें एकाएक पहचानने से इनकार कर देगा...या फिर जब माँ मिलने जाये तब उनके सामने ऐसा कुछ घटे तब तुम हालात को कैसे सँभालोगी, तुम्हारी मामान हरगिज़ ऐसी शादी के लिए राज़ी नहीं होंगी। वही क्या कोई भी माँ बेटी को अन्धे कुएँ में धकेलना नहीं चाहेगी और हम लोग जज़्बाती और माली तौर पर पूरी तरह टूट चुके हैं इसलिए कोई नया दबाव सहना हमें सिर्फ़ तनाव में नहीं, बल्कि बेमौत मार डालेगा। तुम समझो, मैं क्या कहने की कोशिश कर रही हूँ।" अन्दलीप का चेहरा बुझे दिये की तरह लकीर छोड़ गया।

सुरभि का सारा वजूद हिल गया। होंठ काँपने लगे, महसूस हुआ जैसे हालात उसे पीछे लौटने पर मजबूर कर रहे हैं।

"ज़िन्दगी की सख़्ती को मैं महसूस कर रही हूँ और यह जानते हुए कि मैंने सायरस के बिना यह अठारह-उन्नीस साल कैसे गुज़ारे हैं और अब उसके साथ रह कर कैसे गुज़रने वाले हैं। मैंने कई बार इस दायरे से निकलने की कोशिश की, भूलने व घर बसाने की कोशिश की मगर जमे पैर दूसरी राह नहीं पकड़ पाये, मैं करती भी क्या? मुझ पर यक़ीन रखो अन्दलीप और दिल छोटा न करो।" सुरभि ने उसकी मुट्ठियों को चूमा तो सुरभि ने अपनी हथेलियों में फँसे उसके मुलायम हाथों

को आँखों से लगाया। आँखें गीली थीं, जब अन्दलीप ने हाथ नीचे किया तब सुरभि की आँखें झमझम उन बँधी मुट्ठियों पर बरस पड़ीं।

कई पल यूँ ही गुज़र गये।

भाप उड़ाती चाय के फिनजान और केक की प्लेटें मेज़ पर धरी रह गयीं। एकाएक दोनों मुस्कुराती हुई उठीं और 'बहार' की हरियाली से भरी घाटी से बाहर निकलीं। दोनों के रास्ते अलग-अलग थे। एक की चाल में निराशा दूसरी की चाल में आशा!

पलंग पर सूटकेस उलटा पड़ा था। सुरभि कभी कोई कपड़ा, तो कभी कोई लिबास उठाती, पसन्द करती फिर रद्द कर देती। सुई तेज़ी से छह के पार जा रही थी। उसके अन्दर की उत्तेजना ख़ुशी के मारे उसके गालों से फूटी पड़ रही थी, जो सुर्ख़ हो चुके थे।

जब वह कमरे से निकली तब इतनी कांशस थी कि उसे लग रहा था कि उसने कुछ ज़्यादा ही सज़ावट कर ली है। लौटे और मुँह धोये? फेस लिक्विड लगाने की क्या ज़रूरत आन पड़ी थी। अब सायरस की त्वचा भी तो पहले जैसी नहीं रही होगी, तो भी उसकी बड़ी-बड़ी कत्थई आँखें, लम्बे बाल, गुलाबी होंठ और सफ़ेद चमकता चेहरा...उसके आगे वह बुझी-बुझी नहीं लगना चाहती थी। "फिर से कहाँ जा रही हो?" माँ की आवाज़ पीछे से सुनाई पड़ी।

"अख़बार के काम से, लौटकर बताती हूँ।" उसने पीछे मुड़ कर नहीं देखा और सैंडिलें खट-खट करती वह बाहर पार्टिको की तरफ़ बढ़ी। गाड़ी ड्राइवर के साथ खड़ी थी।

तबरीज़ के पेड़ों के नीचे से गाड़ी गुज़र रही थी। ड्राइवर ने हिन्दी गाने का कैसेट लगा रखा था—

मैं जो होती राजा तुम्हरी दुल्हनिया
मटक रहती तोरे बँगले पर।

गाने में वह इस क़दर खो गयी थी कि भटक गयी। चौंकी तब जब गाना ख़त्म हुआ।

"यह...हम कहाँ हैं ड्राइवर...?"

"साहब..." उससे जवाब देते न बना। वह भी गाने के रस में डूबा था।

"मुझे इस पते पर पहुँचना है।" उसने घड़ी देख बेचैन हो काग़ज़ ड्राइवर की तरफ़ बढ़ाया।

"पास में है।" ड्राइवर ने राहत की साँस ली।

दरवाज़ा खोलते ही काँपते पाँव से उसने रास्ता तय किया और घण्टी बजायी।

"जानम! बिया सुरभि जान!" दरवाज़ा खोलते ही अन्दलीप ने बड़ी गर्मजोशी से उसका स्वागत किया और अन्दर ले जा उसे एकटक देखती हुई बोली, कितनी ख़ूबसूरत लग रही हो, उसने सुरभि के गालों को प्यार कर उसकी तारीफ़ की फिर उसे बैठाते हुए बोली–

''सायरस को बुलाकर लाती हूँ...इन्तज़ार करो।''

सुरभि ने क्या सुना, क्या नहीं सुना मगर उसे महसूस हुआ कि उसका दिल नगाड़ा बन धड़क रहा है...एकाएक उसकी नज़र दीवार पर लगी बातिक पेंटिंग पर टिक गयी जो उसने अन्दलीप को भेंट की थी। शिव की बरात की, जो अब फ्रेम मढ़ी लगी थी। वह दीवान पर बैठ गयी। पास में चन्द तस्वीरें थीं। मेज़ पर रखा फ्रेम उठाया, जिसमें सायरस और सुरभि के साथ अन्दलीप थी। उसने सायरस के हँसते शादाब चेहरे को देखा फिर इस ख़्याल से चौंकी।

वह आता होगा...किसी के क़दमों की आहट महसूस हो रही है या दिल की धड़कनें हैं। माथे और होंठों पर पसीना छलक

आया, आँखों के सामने गहरी नशे की धुन्ध, दिखना ही बन्द हो गया।

घड़ी की सुई की टिक-टिक के साथ कमरे की हर चीज़ ताल दे रही थी–

सायरस आ रहा है।

सायरस आ रहा है।

उसने मखमल के मोटे-मोटे कुशनों से बड़े आराम से टेक लगायी और मुस्कुरा कर आँखें बन्द कर ली। ये दस-पन्द्रह सेकेंड गुज़ारने उस पर कितने भारी थे...।

सायरस आ रहा है।

सायरस आ रहा है।

सुरभि ने नज़रें पदचाप के रुकते ही बेचैनी से दरवाज़े की तरफ़ उठायीं और नज़रें वहीं ठहर गयीं।

सामने एक कंकाल खड़ा था...कन्धों पर झूलती कमीज़ में हड्डियों का ढाँचा, गड्ढे में धँसी आँख और घने बालों की जगह...दिल चाहा चीख़ पड़े "नहीं, यह सायरस नहीं हो सकता है। यह मेरे ख़्वाबों की ताबीर नहीं हो सकता...।" मगर वह काँपते हुए खड़ी रही।

"गुल ख़ानम तुई?" उसकी आवाज़ सुन अन्दलीप ने धीरे से कहा, "खुदारा शुक्र! सुरभि के चेहरे पर रुहाँसी-सी मुस्कुराहट उभरी! तभी दूसरी आवाज़ उभरी जो सख़्त व झुँझलाई हुई थी।

"यह कौन है?"

"मैं सुरभि?" काँपती आवाज़ से सुरभि ने कहा–

"सुरभि, कौन सुरभि?" सायरस ने उँगली से माथा रगड़ा।

"गुल ख़ानम!" प्यार से सराबोर लहजे में सुरभि ने कहा

"नहीं जानता आपको मैं गुल ख़ानम! क्यों मेरा पीछा कर रही हैं आप?"

"इतना काफ़ी है कि मैं आपको जानती हूँ?" सुरभि के लहजे में शदीद अपनेपन का पुट था।

"अजब? कभी सुरभि, कभी गुलख़ानम।"

अन्दलीप चाय की ट्रे लेकर कमरे में दाख़िल हुई! चाय का फिनजान थमाते हुए वह बोली, "सायरस जान। यह मेरी दोस्त हैं।"

"तुम्हारी दोस्त है तो तुम मिलो, मुझे क्यों बुलाया है?"

सायरस ने अजनबी आँखों से उसे देखा फिर लापरवाही से मुँह फेर खिड़की से बाहर पेड़ की हिलती शाखाओं को देखने लगा। उसकी आँखों से चमक ग़ायब थी। उदासीनता के अलावा कोई भाव नहीं था। वह चाय के घूँट भर रहा था। "क्या यह दोनों को भूल चुका है?"

सुरभि को गहरा धक्का पहुँचा। उसकी आँखों के आँसू सूख से गये। ज़बान पर थिरकते शब्द दम तोड़ गये। उसका सारा वजूद पत्ते की तरह हिल रहा था। अन्दलीप ने अपनी आँखों को सुरभि के बेजान चेहरे से हटाया जिस पर ओस की बूँदें झिलमिला उठी थीं। फिर भाई की तरफ़ देखा।

"मन ख़स्ते शुदम।" (मैं थक गया हूँ) इतना कह बिना सलाम किये जब सायरस जाने के लिए उठा तब सुरभि चौंक-सी गयी। उसके मुड़ते ही वह तेज़ी से उठी और बेताब-सी सायरस से लिपट गयी और धीरे से बोली, 'सायरस! मन सुरभि गुल ख़ानम...मुझे प्यार करो, मुझे पहचान लो, चाहे आख़री बार ही क्यों न हो?"

"वलिश कुन।" (छोड़ो) नफ़रत-भरी झुँझलाहट से सायरस ने सुरभि के हाथों को झटका और ग़ुस्से-भरी आँखों से दोनों को घूरा और तेज़ क़दमों के साथ कमरे से बाहर निकलता हुआ बोला, "हया कुन ख़ानम।" (शर्म करो!)

हक्का-बक्का-सी सुरभि उसे जाते देखती रही फिर नीम बेहोशी की हालत में ज़मीन पर चकरा कर गिर पड़ी। उसका सारा बदन पसीने से तर था।

अन्दलीप हड़बड़ा कर उठी और उसने सुरभि को अपनी बाँहों में सँभाल हल्के से थपका, “सुरभि जानम! आँखें खोलो।” पानी के छींटों से सुरभि ने आँखें खोलीं मगर वह आँखें जज्बात से ख़ाली थीं। उसके चेहरे पर अपमान की पर्त थी। उसने अन्दलीप से आँखें नहीं मिलायीं। चुपचाप हारी-सी बैठी रही। अन्दलीप ने शरबत का गिलास उसकी तरफ़ बढ़ाया। उसने इनकार में सर हिलाया।

“मना किया था कि यादों को यादें रहने दो, मत देखो, अपने गुज़रे कल को। देश, देश न रहा, सायरस, सायरस न रहा, हम में से कोई भी वैसा न रहा जैसा था। सबके सपनों की मौत हो गयी...कभी-कभी लगता है कि हम ज़िन्दा इन्सानों के क़ब्रिस्तान में रह रहे हैं।” इतना कह अन्दलीप फफक कर रो पड़ी मगर सुरभि उसका साथ न दे सकी।

कुछ पल बाद बिना कुछ कहे सुरभि उठी और ख़ामोशी से कमरे से बाहर निकल गयी।

रास्ते भर सुरभि अपने बदन के कम्पन और दिमाग़ की सनसनाहट को काबू करने के प्रयत्न में लगी रही। उसको महसूस हो रहा था जैसे उसके बदन से जान धीरे-धीरे कर निकल रही है और दिल डूबा जा रहा है। जब कार विजय अंकल के घर के सामने रुकी तब उसे अन्दर जाते हुए डर लग रहा था। उसको इस हालत में देखकर कोई भी परेशान हो सकता है। माँ के सवालों का वह क्या जवाब देगी?

“मैं कुछ खरीदना चाह रही थी। आपसे बाज़ार की तरफ़ चलने के लिए कहना ही भूल गयी।”

“जी! अगर ज़रूरी हो तो मुझे बता दें मैं लेकर आता हूँ।” ड्राइवर ने कहा। “नहीं...। मैं खुद लेना चाहती हूँ।”

“आपकी तबीयत कुछ ठीक नहीं है।” ड्राइवर ने धीमे से कहा।

"मैं ठीक हूँ...तुम गाड़ी मोड़ो।"

गाड़ी बाज़ार से गुज़रने लगी तो उसने जूस की दुकान पर गाड़ी रुकवायी और सँभल-सँभल कर क़दम रखती हुई दुकान में दाख़िल हुई। नौरोज़ आग़ा उसे देखकर चहके ख़ुशआमदीद बानो-ए-हिन्दी! कोई ख़ुशख़बरी?" उसकी बात सुनकर वह हल्के से मुस्कुरायी और धीरे से बोली, "कैरेट जूस।" इतना कह वह स्टूल पर बैठ गयी।

दुकान में कई ग्राहक एक साथ दाख़िल हुए। नौरोज़ आग़ा ने सुरभि की तरफ़ गिलास बढ़ा कर उनकी तरफ़ ध्यान दिया। सुरभि घूँट-घूँट शरबत पी रही थी। हर घूँट के साथ यादों की कोई क्लिप उसके सामने उभर आती थी। पैदल चलते हुए एकाएक सायरस का दुकान देखकर रुक जाना फिर उसे बुलाना, "बिया!" (आओ)।

उसे पसन्द तो अनार का जूस था मगर वह सायरस के ख़्याल से गाजर का जूस पी लेती थी, जो सायरस के कहने के अनुसार, "आँखों के लिए बहुत फ़ायदेमन्द होता है।"

उसे वह दोपहर याद आ गयी जब सायरस ने उसे लहसुन का पुलाव खिलाया था, जो उसे पसन्द नहीं था। चावलों के बीच गुलाबी बड़े-बड़े लहसुन छिलके के साथ चावलों के बीच नज़र आ रहे थे। उसे लहसुन की तेज़ी पसन्द न थी। वह झिझक रही थी मगर सायरस आराम से लहसुन हल्के से दबा छिलका अलग कर खाते हुए कह रहा था, "ख़ेली ख़ुश्मज़ा!" (बहुत मज़ेदार)।

हिम्मत कर उसने एक लहसुन मुँह में रखा, अजीब बात, वह मज़े में हल्का मीठा-सा लगा।

दुकान ग्राहकों से ख़ाली हो चुकी थी मगर उसका गिलास अभी भी जूस से आधा भरा हुआ था। नौरोज़ आग़ा उसके उतरे चेहरे और उदास आँखों को देखकर कुछ पूछने को मुँह खोलते फिर झिझक कर रह जाते। वह तो यह भी पूछना चाह रहे थे कि क्या सायरस आग़ा की बहन से मुलाक़ात हुई, सब ठीक है?

सुरभि के दिमाग़ में अचानक सारयस का मशहद वाला घर उभरा। उसके बहन-भाई और माँ...चहकता घर। वह माँ के ख़्याल से बेचैन हो उठी, उसी माँ के जिसके नाम का लाकेट गुलनार ने उसकी गर्दन में डाला था। कितनी ख़ामोश मगर बोलती आँखों वाली ख़ूबसूरत चेहरे की मालिक। उन पर क्या गुज़र रही होगी जब मैं...उसके होंठ काँपे तो उसने झट से गिलास मुँह से लगा लिया।

"मुझे मशहद जाना चाहिए...उनसे मिलना चाहिए। यूँ हालात को पीठ दिखाकर निराशा में डूबने का कोई अर्थ नहीं। मैं उसे ढूँढ़ने, उसे पाने में जब कामयाब हो गयी तो फिर...तो फिर इतना बेहौसला उसे नहीं होना चाहिए...। शायद ज़िन्दगी के कुछ और इम्तहान बाक़ी हों।"

उसके चेहरे के बदलते रंग को देखकर नौरोज़ आग़ा के चेहरे पर इतमीनान की लहर दौड़ी। गला खँखार कर बोले, "बेटा आपको सलाम कह रहा था।"

"जी!" चौंक पड़ी सुरभि फिर अपने को सँभाल कर बोली, "कैसा है?"

"कल ही फ़ोन पर बात हुई थी। गाँव जाकर उसे अक़्ल आ गयी है, यहाँ का तो क़ानून आप जानती हैं कि सभी किशोरों को दो साल के लिए गाँव जाकर ख़िदमत करनी पड़ती है अलग-अलग मोर्चों पर जाना होता है। बेटा खेती-किसानी की ज़िम्मेदारी निभाने गया है।"

"बच्चे घर से दूर जाते हैं, तब माँ-बाप की बातें उनकी समझ में आती है।"

"जी, ख़ानम!" अब आगे पढ़ने की बात करता है। मैंने शाहअब्दुल अज़ीम और इमाम रज़ा के रौज़ों पर चक्कर लगाये। मन्नतें मानी थीं। उन्होंने मेरी सुन ली।'' नौरोज़ आग़ा ने अपनी डबडबायी आँखें झपकीं, फिर बोले, ''इंक़लाब...''

"इंक़लाब के बा़द गाँव आबाद हुए और मिट्टी भी सोना उगल

रही है। जो धरती सूख गयी थी, वहाँ फ़सलें लहलहा उठी हैं वरना तो हर तरह का सामान बाहर से आता था।"

"अच्छा! मुझे देर हो रही है, अब मैं चलती हूँ। आपका बहुत-बहुत शुक्रिया।" इतना कह वह तेज़ी से दुकान से बाहर निकली। उसे डर था कि कहीं नौरोज़ आग़ा उससे अन्दलीप या सायरस के बारे में न पूछँ लें।

तेहरान की सड़कें आज उसे बहुत अजनबी-सी लग रही थीं। सड़क किनारे के सारे लैम्प पोस्ट फीकी रोशनी फैला रहे थे। ऐसा लग रहा था जैसे उसका कोई नाता इस शहर से नहीं रह गया है जो ख़्वाब था वह हक़ीक़त की रोशनी में कहीं ग़ुम हो गया है। जो गुज़रा था वह सब कुछ एक छलावा था। एक उबाल था जिसका वजूद भाप बन उड़ गया। सब कुछ ख़ाली-ख़ाली जैसे वीरान चटियल मैदान।

कार से उतर कर वह घर में दाख़िल हो गयी। ड्राइंगरूम में सब जमा थे। सब ख़ुशी में चहक रहे थे। सामने लैपटॉप खुला था और मेहरमाह और आलूबालू का चेहरा दमक रहा था।

"कहाँ रह गयी थी सुरभि? मुबारक हो तुम बुआ बनने जा रही हो।" विजय अंकल ने कह-कहा लगाते हुए कहा।

"एक वक़्त में दो-दो शुभ समाचार।" सुनन्दा ऑन्टी ने कहा। उनका इशारा सुरभि के विवाह की तरफ़ था।

"हाँ, सोहर और सुहाग गीत एक साथ गाये जायेंगे।" विजय अंकल ने कहा। सुरभि के चेहरे की बनावटी ख़ुशी सेकेंड भर के लिए उड़ी फिर चेहरा सहज हो उठा। इस बीच माँ उसे गहरी नज़रों से देख रही थी, मगर बोली कुछ नहीं। माहौल ऐसा था कि बीच में उठ भी नहीं सकती थीं।

रात को जब दोनों माँ-बेटी सोने के लिए लेटीं तब माँ ने सुरभि से पूछा, "कहाँ गयी थीं? सब कुछ ठीक है या फिर...।"

"माँ, रास्ते में एक दुर्घटना देखी तो मन ख़राब हो गया। घर में इतनी ख़ुशी छायी थी कि मैंने चुप रहना ही ठीक समझा।"

"अच्छा किया...तेरा मुँह इतना उड़ा-उड़ा-सा लगा कि मैं परेशान हो गयी थी।"

"अब तू सो जा मैं भी बहुत थकी हुई हूँ सुबह बात करती हूँ।"

"ठीक है माँ।" कह कर सुरभि ने करवट बदली और आँखें बन्द कर सोने की कोशिश की मगर अचानक दिमाग़ में नफ़रत से भरी सायरस की आँखें और ज़ोर से उसका हाथ झटकना याद आया और कानों में आवाज़ गूँजी, "वलिश कुन ख़ानम।...हया कुन।" वह झटके से उठ बैठी। जो बेक़रारी कुछ देर के लिए शान्त हो उसे सहजता की तरफ़ ले जा रही थी, वह फिर से तूफ़ान बन गयी। उसे यह सब माँ को नहीं बताना है वरना वह गहरी चिन्ता में डूब जायेंगी और फिर ब्लडप्रेशर बढ़कर दो सौ से ऊपर भागने लगेगा। उसे अपने को थपकना होगा। अपने दिल और दिमाग़ को समझाना होगा आख़िर मेरे ग़म से बड़ा तो सायरस का दुख है उसे अपनी इस स्थिति से कितनी उलझन लगती होगी। जब याददाश्त उजाले और अँधेरे का खेल खेलने लगती होगी। कभी सब अपना, कभी सब पराया। आईने में अपने को देखकर ख़ुद को ढूँढ़ता होगा।

सुरभि बिस्तर से आहिस्ता से उतरी और दबे पाँव चलती हुई खिड़की के पास जाकर खड़ी हो गयी। सड़क ख़ाली थी, ठीक हमारी ज़िन्दगी की तरह। इसी तरह की ख़ाली सड़कें जिन पर हमने चहलक़दमी की थी तब यह इतनी बेजान नहीं लगती थीं, बल्कि हर चीज़ ज़िन्दगी से भरपूर नज़र आती थी। शायद इसलिए कि तब हमारे अन्दर ख़ुशी थी, उम्मीद थी, उड़ान की उमंगें थीं।

उसे याद आया एक बार राह चलते हुए उसने सायरस से कहा था, "कितना ख़ूबसूरत फूल है तोड़कर मेरे बालों में लगा दो।"

"वह फूल वहीं लगा अच्छा लग रहा है और तुम्हारे ख़ूबसूरत लम्बे बालों को इसकी ज़रूरत नहीं है।"

"कल वह मुरझा जायेगा, कुछ देर मेरे बालों में खिलने दो।"

वह हँसा था फिर धीरे से बोला, "उसको वहीं अपनी जड़ों में मुरझा के गिरने दो।"

सुरभि को अच्छा नहीं लगा था। ये कवि अपना सारा रोमांस अपनी कविताओं में ढाल देते हैं मगर अहसास की शायरी में वे रूमानी नहीं हो पाते, उसके मुँह से निकला था, "बोर।"

"क्या बात है सुरभि?" माँ ने लेटे-लेटे पूछा तो सुरभि चौंक पड़ी।

"नींद नहीं आ रही थी माँ।" सुरभि ने अपने को सँभालते हुए कहा।

"परेशान है?"

"नहीं माँ, ऐसी कोई बात नहीं है।"

"सुबह होने को आयी।" माँ ने घड़ी देखते हुए कहा।

"चाय पियोगी?"

"ठहर। मैं बनाती हूँ।"

"तुम लेटो, मैं लेकर आती हूँ।" इतना कह तेज़ी से सुरभि कमरे से बाहर निकल गयी। वह माँ के सवालों से बचना ही नहीं चाह रही थी, बल्कि उनकी हमदर्दी भरी थपकी से अपना संयम खोना नहीं चाह रही थी।

किचन में पहले से ही मौजूद विजय अंकल अपने लिए ब्लैक कॉफ़ी बना रहे थे। उसे देखकर चौंक गये, "गुडमार्निंग! इतनी सुबह?"

"नींद नहीं आयी, माँ भी जाग गयी तो सोचा क्यों न तेहरान का सूरज उगता देखा जाये।"

"व्हाई नाट।" विजय ने कहा। फिर कॉफ़ी का घूँट भर बोले, "कैसी रही मुलाक़ात?"

"किस से?"

"सुरभि। तुम किस से बात छुपाने की कोशिश कर रही हो, अपने विजय अंकल से?" उनकी इस बात पर उसने सर झुका लिया।

"वह...। अंकल मैं कल से नये हालात से अपने को एडजस्ट करने की कोशिश कर रही थी।'' कुछ पल बाद सुरभि ने कहा।

"क्या हुआ, सायरस के बदन में राजा दुष्यन्त का प्रवेश हो गया क्या?" विजय अंकल ने छेड़ा।

"नहीं अंकल।'' शकुन्तला का वजूद काँप गया।

"यानी...?" इस बार वे गम्भीर हो उठे।

"सायरस, पहले वाला सायरस नहीं रह गया। अल्ज़ाइमर ने उसे सेहत से तोड़ दिया है न बदन रहा न ज़हन रहा।" इतना कह कर वह उबलते पानी को केतली में डालने लगी।

"तुम्हें पहचाना?"

"बस, एक बार, फिर तो..."

"आई सी।" माहौल बोझिल हो उठा।

"मैं माँ को चाय देकर आती हूँ।"

"तुम भाभी के साथ रहो। जब मन करे, दूतावास आ जाना, वहीं बात करूँगा।"

"ठीक है अंकल।" सुरभि ने गहरी साँस लेकर कहा?

विजय कुमार दरवाज़ा खोल लान की तरफ़ निकले और ओस पड़ी घास पर नंगे पैर चलते हुए सोचने लगे, 'कौन यक़ीन करेगा 1990 में एक ऐसी लड़की जो क़लम की नोक पर दुनिया को रखती थी वह प्यार में इतना बुरी तरह कमज़ोर बन जाये...क्या होगा इस लड़की का? एक प्रखर, जागरूक पत्रकार। भाभी सुनेंगी तो...कितनी मुश्किल से मैंने उन्हें इस शादी के लिए दिमाग़ी तौर पर राज़ी किया था और अब...क्या होगा आगे...सुरभि को तो ईरानी समाज की पेचीदगियों और सियासी दाँव-पेंच के बारे में कुछ भी नहीं पता है। रिपोर्टिंग और दोस्ती हो जाने का हरगिज़ यह मतलब नहीं है कि रचना-बसना भी उतना आसान है। तेहरान

की आधुनिकता और मशहद शहर की जीवन शैली में काफ़ी फ़र्क़ है। सोच तो काफ़ी हद तक ईरानियों की परम्परागत है। भले ही जड़ और रूढ़ीवादी न हों। सेहत का हाल अगर यह है तो शादी का मतलब क्या है और जो शादी हो भी गयी तो...? सोचते-सोचते विजय कुमार का सर घूमने लगा। ख़ाली कॉफ़ी का प्याला उठा वह फिर किचन की तरफ़ बढ़ गये। कॉफ़ी बनाते हुए सोचने लगे।

"यह कूटनीति का मामला नहीं, दिल का मामला है... जहाँ हालात साजगार नहीं, समय सिर्फ़ इन्सान के लिए नहीं कभी-कभी सामूहिक रूप से किसी देश, किसी कौम के लिए पूरी तरह विनाशकारी हो उठता है। इसी ईरान में पिछले बारह-तेरह वर्षों में अपंगों, विधवाओं, पितृहीन बच्चों, किशोरों और आर्थिक मार व बेकारी से अधमरे लोग बिखरे पड़े हैं और सायरस की तरह जाने कितने ख़तरनाक बीमारियों की चपेट में आये हुए हैं...जाने कितने अन्य मुल्क, जहाँ न क्रान्ति हुई, न युद्ध परन्तु उनकी स्थिति में कोई बदलाव नहीं, बरसों से शोषण का शिकार, भुखमरी और भिखारीपन से उन्हें मुक्ति नहीं, जहाँ न सौन्दर्यबोध की बारीकी बची है और न ही रूमानी भावनाओं की जगह, सिवाय उजाड़ इलाक़े में जीने के लिए संघर्ष करने के सिवाय... ।"

"आप तो कॉफ़ी पी चुके थे?" सुनन्दा ने उन्हें देख कर पूछा।

"हाँ, वह ठण्डी हो गयी थी।" चिन्ता में डूबे विजय कुमार बोले और बिना कुछ और कहे बाहर निकल गये। कॉफ़ी पीते हुए वह अख़बार पर झुक गये। अख़बार पढ़ना तो एक बहाना मात्र था। किसी भी तरह वे इस समस्या को सुलझाना चाह रहे थे, ताकि दोपहर में जब वे सुरभि से मिलें, तब किसी नतीजे पर पहुँचकर उसे सलाह दे सकें।

"मेरा दिल लन्दन जाने को चाह रहा है। तुम्हारी छुट्टी..." सुनन्दा ने अनार छीलते हुए कहा।

"छुट्टी। सोचता हूँ।" इतना कह कर विजय कुमार उठ कर बेडरूम की तरफ़ चले गये तैयार होने के लिए और सुनन्दा नाश्ता बनाने में व्यस्त हो गयी। उनका हाथ बँटाने सुरभि और उसकी माँ भी आ गयी थीं। नाश्ते की मेज़ पर विजय कुमार ने कहा, "सुनन्दा! भाभी जब से आयी हैं ज़्यादातर घर में ही रही हैं आज उन्हें बाज़ार घुमा कर लाओ, नहीं तो कोई बाग़ बग़ैरह।"

"ठीक है। मैं तो कहती हूँ कम-से-कम इस्फ़ान तो घूमने जाना चाहिए। सच भाभी मैदाने शाह देखने वाली जगह है।"

"मैदाने शाह नहीं... मैदाने इमाम, पार्के फरहा नहीं, पार्के लैला शहयाद नहीं, बुर्ज-ए-आज़ादी कहो। तुम पुराने नामो को भूल नहीं पाती हो...अगर किसी हिज्बउल्लाही ने सुन लिया तो बुरा मान जायेगा और मेरी मुसीबत हो जायेगी।" हँसते हुए विजय कुमार ने कहा।

"अख़बार की हेडलाइन बन जायेगी, हिन्दुस्तानी राजदूत इंक़लाब के दुश्मन अभी भी सपने से नहीं जागे।" सुरभि ने कहा तो सब हँस पड़े।

"अंकल मैं जब दूसरी बार ईरान आयी थी तब मेरा भी यही हाल था। सारे शाह के दौर के नाम याद आ रहे थे और टैक्सी वाला चकराया हुआ था।

"हाँ, जब तुम पहली बार आयी थीं, तब तक नाम नहीं बदले गये थे। नाम बदल जाने से कभी-कभी बड़ी कठिनाई महसूस होती है। काम करते हुए, ख़ैर तुम दोनों घूम आओ।" कहते हुए विजय कुमार ने सुरभि की तरफ़ देखा और बाहर की तरफ़ निकल गये।

"हम लोग मशहद कब जा रहे हैं?"

"शाम को तय करते हैं भाभी! अभी तो आप तैयार हो जाइए। दोपहर का खाना बाहर खा लेंगे।" सुनन्दा ने कहा फिर सुरभि से पूछा, "पहले कहाँ चलें?"

''ऑन्टी मुझे तो एक रिपोर्ट भेजनी हैं। मैं जा नहीं पाऊँगी। तबीयत भी सुस्त-सी लग रही है।''

"सारी रात जागी है।" कहती हुई माँ अपने कमरे की तरफ़ बढ़ी। सुरभि गर्म पानी से शावर ले चुकी थी मगर पूरा बदन टूटा-टूटा लग रहा था।

राजदूत विजय कुमार जब भारतीय दूतावास पहुँचे तब सबसे पहले उन्होंने अपने पी.ए. को बुलाकर कहा, ''अन्दलीप नाम से भारत जाने का वीजा जिसे भी दिया गया हो, उन सबका मुझे लिंक भेजो।'' सेकेंड भर में उनके लैपटॉप पर अन्दलीप की सूचना मिल गयी। कुछ ज़रूरी काग़ज़ात देखे फिर प्राइवेट टैक्सी बुलाने को कहा। पी.ए. ने ताज्जुब से पूछा, "किसके लिए सर?"

''नो मोर क्वेश्चन! हाँ, मेरे पीछे अगर सुरभि आये तो उसे बिठा लेना।" कह कर विजय कुमार दस्तबस्त टैक्सी पर बैठे और सीधे अन्दलीप के घर पहुँच गये। अभी वह बेल पर उँगली रखने जा रहे थे कि अन्दर से शीशे के बर्तन टूटने की तेज़ आवाज़ आयी फिर दौड़ते क़दमों की...वह रुक गये फिर दो मिनट बाद उन्होंने बेल बजायी तो किसी की परेशानी-सी भरी जनानी आवाज़ आयी, "किये?" (कौन)

"विजय कुमार राजदूत इंडिया।"

"बेफरमाइद!" आवाज़ में मिठास उभरी और तेज़ी से दरवाज़ा खोला। वह अन्दलीप ही थी, विजय कुमार को समझने में देन नहीं लगी। बड़े अदब से उसने सलाम किया और कहा, ''खुशआमदीद चश्मे मा रोशन!''

"शुक्रिया। सोफ़े पर बैठते हुए विजय कुमार ने दिल-ही-दिल में कहा, हमारे 'अच्छा' की तरह इनका शब्द 'बेफरमाइद' है, जिसके कितने इस्तेमाल हैं—आइए, कहिए, बैठिए...

अन्दलीप के चेहरे पर ताज्जुब भरी बौखलाहट थी। आँखों में हैरत जो विजय कुमार के चेहरे पर जमीं थी। अभी वह कुछ कहते

तभी एक शख़्स कमरे में घुसा और पास के सोफ़े पर सलाम कर बैठ गया। विजय कुमार चौंक से गये।

"मेरा भाई सायरस।" अन्दलीप ने विजय कुमार के चेहरे के भाव पढ़ कर जल्दी से कहा फिर सवालिया नज़रों से विजय कुमार की तरफ़ देखा।

"सलाम!" अपनी हैरत छिपाते हुए विजय कुमार ने अदब से खड़े हो सायरस से कहा और हाथ में पकड़ी किताब को बायें हाथ में बड़े आदर के साथ झुककर दाहिना हाथ मिलाने को बढ़ाते हुए बोले, "बहुत ख़ुशी हुई आपसे मिलकर, मैं आपका फैन हूँ।" उसकी तरफ़ बढ़ा हाथ मिलाया गया, फिर उन्होंने उसकी तरफ़ किताब बढ़ाते हुए कहा, "अगर आप इस पर अपने दस्तख़्त कर सकें, तो मुझे बेहद ख़ुशी होगी।"

ख़ाली नज़रों से सायरस ने विजय कुमार को देखा। उनका निवेदन फ़ारसी में सुना और किताब हाथ में लेकर उल्टा-पल्टा फिर विजय कुमार को घूरा और पूछा, "मैं क्यों करूँ इमज़ा?"

"आपकी किताब है...अपनी..."

"यह कौन? ताज्जुब से सायरस ने अपनी तस्वीर देखी फिर कहा, नमी शिनासम।" (नहीं पहचानता) इतना कहकर वह किताब को बड़े अच्छे अन्दाज़ से माथे से लगा वापस करके मुस्कुराया फिर ख़ुदा हाफिज़ कहकर चला गया।

"कोई बात नहीं!" अपने को सँभालते हुए विजय कुमार चेहरे पर उड़े रंग के साथ सोफ़े पर बैठ गये। उनका दिल अपने प्रिय लेखक की यह दशा देखकर गहरा आहत हुआ था। उनको सुरभि की गहरी व्यथा की थाह पकड़ में आ गयी, उनके सीने में दर्द-सा उठा। माथे पर पसीना छलक आया उन्होंने रूमाल से पोंछा और पानी माँगा।

"चाय, कहवा?" अन्दलीप ने पूछा। विजय कुमार जी ने गर्दन हिला कर इनकार किया और पानी पीकर वह कुछ सँभले तो उन्होंने बातचीत का सिलसिला सायरस की बीमारी के बारे में जानने के लिए शुरू किया। निचोड़ था कि सायरस को सँभालना

गंगा-जमुनी सभ्यता और संस्कृति
के नाम

बहुत मुश्किल है। ख़ासकर तब जब वह उत्तेजित होता है फिर अवसाद में डूबता है। याददाश्त के साथ शुगर और...'' इतना बताते-बताते अन्दलीप का गला रुँध गया तो विजय कुमार ने हाथ उठा उन्हें तसल्ली देते हुए कहा, "नराहत न शो। (परेशान न हो) मेरे लायक़ कोई खिदमत हो तो बतायें।"

इतना कह कर विजय कुमार उठे और दोनों हाथ जोड़कर सर झुकाया और तेज़ी से कमरे से बाहर निकले। उनके लिए पल भर भी वहाँ ठहरना मुश्किल हो रहा था। इतनी घुटन और दबाव था कि सास लेना मुश्किल हो रहा था। कार में बैठ उन्होंने कहा, "क्या यहाँ कोई जूस की दुकान है आसपास? वहाँ ले चलो।'' कार से उतरकर उन्होंने फ्रूट जूस लिया। तभी दो बूढ़े दाख़िल हुए और बोले, "सलाम नौरूज़ आग़ा।"

विजय कुमार ने चौंक कर जूस वाले को देखा और मन-ही-मन कहा, "अजीब इत्तेफाक है, नौरूज; अन्दलीप, सायरस और सुरभि...सुरभि के साथ खड़ा मैं...शेक्सपियर के सारे चरित्र देश-काल बदल चुके हैं। फिर लम्बी गहरी साँस लेकर कह उठे, ''भारत से ईरान...सिर्फ़ दो ज़मीन के टुकड़े नहीं, दो धड़कते दिल हैं।

भारी मन लिए विजय कुमार दूतावास में दाख़िल हुए। उनके चेहरे पर तनाव की लकीरें पूरी तरह ग़ायब नहीं हुई थीं। सुरभि के अलावा भी कई लोग उनके इन्तज़ार में बैठे थे। मेज़ पर हस्ताक्षर के लिए फ़ाइलें भी पड़ी थीं। वह अब काम में डूबना चाह रहे थे। टी ब्रेक में उन्होंने सुरभि को बुलाया और पी.ए. से कहा कि बाक़ी के एप्वाइंटमेंट यदि बहुत ज़रूरी न हो तो सब को रद्द कर दे।

"कोई ख़ास वजह सर?"

"तबीयत ठीक नहीं लग रही है।"

"चाय या कहवा?"

"दो तुर्की कहवा!"

कहवा आ गया। उसका पहला घूँट भर विजय कुमार ने कहा, "और सुरभि आगे का क्या प्रोग्राम है?"

सुरभि चुप रही, बस उसने नज़रे उठा विजय कुमार को देखा फिर कॉफ़ी का घूँट भर उस नन्ही-सी ख़ाली प्याली को प्रिच पर औंधा बोली, "कोई फालगर ही बता सकता है कि..."

"बता तो मैं भी सकता हूँ इतने वर्षों इन देशों से रह कर 'भविष्य-फल' पढ़ना तो मुझे भी आ गया है।" इतना कह उन्होंने सुरभि के कहवे का प्याला उठाया और तलछट की बही लकीरों को ग़ौर से देखा।

"मैं, अन्दलीप के घर से आ रहा हूँ।"

"आप?" आवाज़ में हैरत की पर्तदार गूँज थी और आँखों में भय।

"हाँ, वहाँ सायरस से भी मुलाक़ात हुई। पूरा माहौल डिप्रेसिंग लगा...। महसूस हुआ जैसे अतीत, अतीत ही रहता है वर्तमान से उसका नाता जोड़ना अक्सर मुमकिन नहीं होता। तब भविष्य की कल्पना करना ही बेकार है।" इतना कह विजय कुमार चुप हो गये। सुरभि के चेहरे पर पीलापन छा गया। उसके होंठ काँपे मगर वह ख़ामोश रही।

"सुरभि, हमारी प्लानिंग काम नहीं आयी। हालात को देखते हुए हमको नये तरीक़े से सोचना और फ़ैसला करना पड़ेगा।"

सुरभि सिर्फ़ सर हिला कर रह गयी।

"कुछ बोलो! भाभी को सच बताना होगा...और क्या बताना होगा?"

"माँ को सच बता कर क्या मिलेगा? मैं एक बार मशहद हो आऊँ तो फिर कुछ फ़ैसला ले सकती हूँ। अभी तो मैं गहरे शॉक में हूँ।"

"मशहद कब जाना है?"

"अन्दलीप का शौहर अब्बास आज दोपहर तक लौट आयेगा तो यह सब शाम की बस या ट्रेन से जाने को कह रहे थे।"

"और तुम?"

"मैं सुबह चली जाऊँगी, देखती हूँ वहाँ के हालात..."

"चलो फिर किसी अच्छे से रेस्तराँ में लंच लेते हैं। सुनन्दा को फ़ोन कर पूछता हूँ कि वे दोनों कहाँ हैं, उन्हें भी बुला लेता हूँ।"

"ठीक हैं अंकल।"

शाम को रेखा का फ़ोन आया तो सुरभि खुल कर अपने दिल की बात कह सकी। सब कुछ सुन कर वह दुखी हो उठी। उसकी समझ में नहीं आया कि वह सुरभि को क्या सलाह दे और किन शब्दों में दिलासा दे।

''सुनो सुरभि! प्यार को दीवानगी मत बनने दो, अपने को सँभालो, आख़िर मशहद क्यों जा रही हो?'' रेखा ने कहा।

''मैं समझ चुकी हूँ रेखा! मेरे पास मुहब्बत है मगर घर-गृहस्थी का सुख नहीं है। ठीक उसी तरह जैसे किसी के पास सब कुछ होता है मगर प्यार नहीं। दुनिया के निज़ाम में रातदिन का महत्त्व है। जब यह संसार आबाद व शदाब है तो फिर मैं इस धूप-छाँव से क्यों घबराऊँ। मुझे कुछ देर और दौड़ने दो।'' सुरभि ने बड़े संयत स्वर में कहा।

''अपना ख़्याल रखना सखी।'' ठण्डी साँस भर कर रेखा ने कहा।

"रेखा। अब मैं फ़ोन रखती हूँ फिर कल रात या परसों सुबह बात करूँगी। मेरे लिए परेशान होना बन्द करो।

''ठीक है, अपना ख़्याल रखना।" एक बार फिर रेखा ने ताकीद की।

सुरभि ने ठण्डी साँस भर फ़ोन बन्द किया और मशहद जाने की तैयारी करने लगी। बैग पैक कर वह बिस्तर पर लेट गयी। सोचने लगी कि पिछली बार जिस घर को मैं ढूँढ़ रही थी। उसके बारे में अन्दलीप ने बताया कि वह बिक चुका है और अब सारे बहन-भाई अपने-अपने फ़्लैट में रह रहे हैं। माँ के फ़्लैट का

यह पता है। उसे पुराने घर की याद आयी। हमामख़ाना याद आया। गर्म भाप से गर्माया हमामख़ाना; जहाँ औरतें आराम से अपने-अपने नल के नीचे बैठी ख़ुद नहाती हैं और छोटे बच्चों को भी नहलातीं। नहाये हुए बच्चे इस बुरी तरह से रगड़े जाते कि उनके गोरे बदन चमचमा उठते और भूख चमक उठती। साथ लाये फल खाते नज़र आते। वह भी सूसन व अन्दलीप के साथ गयी थी। वह सारा दृश्य उसे संकोच से भर गया था। मगर इस समय उसकी याद ने उसके दिल व दिमाग़ पर जमे मैल को उतार उसे मुस्कुराने पर आमदा कर दिया था।

घर के एक कमरे में सैकड़ों तरबूज़ भरे थे। जहाँ से उठा कर कोई भी घर का सदस्य काँटे से मीठे लाल तरबूज़ के आधे गोले को कुरेद-कुरेद कर खाता था। उस घर में मरियम ख़ानम का बनाया लज़ीज़ खाना खाया था। क़ौरमा पुलोमाश, पुलोअदस, सब्ज़ी, कबाबे कूबीदे, कूकू सब्ज़ी, आबगूश्त पुलोमाश, पुलोअदस, नाश्ते में पनीर, मुरब्बा और नॉन ग़लफती व लवाश (रूमाली रोटी जैसी) बिना दूध की रम की रँगत वाली भाप उठाती चाय, छोटे फिनजानो में। कितना निश्छल प्यार था बिना किसी रिश्ते के शायद इस प्यार की जड़ें बहुत गहरी थीं, जो वहाँ के लोगों में भारत को लेकर थी। फ़िल्में, साड़ी और अनुवाद किये भारतीय ग्रन्थ जो फ़ारसी में लोगों ने पढ़ रखे थे। अपने-अपने शौक़ और पसन्द के चलते भाते थे, ख़ास कर नुकीले बिस्तर पर लेटे और हिमालय पर्वत पर रहने वाले सन्तों के बारे में उनकी जिज्ञासा रहती कि क्या वे अब भी वहाँ रहते हैं...वगैरह वग़ैरह।

यादों में खोयी-खोयी सुरभि सो गयी। यादों के गलियारों में जो छुपा था, वह सपने में नयी बुनावट के साथ उभर रहा था।

"आपका रिश्ता शब्दों से है। आप पत्रकार हैं और मेरा रिश्ता भी शब्दों से है मैं शायर हूँ। मुझे तारीख़ में भी दिलचस्पी है तो मैं इन्सानों के अलावा विभिन्न देशों के आपसी रिश्तों की खोज में निकल जाता हूँ। कभी-कभी मुड़ कर पीछे देखता हूँ तो लगता

है हमने इन शब्दों को बचाने के लिए कैसे-कैसे यत्न नहीं किये ताकि इंटेलिजेंस (खुफिया) सावक पुलिस का ध्यान अपनी ओर से हटा सकें। इश्क़ के बयान में हम सियासी घुटन, दबाव और बग़ावत की बातें कह जाते थे। हमारा सिस्टम हमें ईट, ड्रिंक एंड बी मैरी की छूट देता था मगर बोलने, सोचने और लिखने की आज़ादी नहीं।" सायरस ने बताया था बातों-बातों में।

"ताज्जुब है।" सुरभि ने कहा।

"मेरी दोस्तियाँ रही हैं लड़कियों से, औरतों से, मगर शादी और घर बसाने का ख़्याल मुझे कभी नहीं आया। वे खुद खुशमिजाज लड़कियाँ भी जानती थीं इसलिए अच्छा और दौलतमन्द साथी मिलते ही वह शादी करने पर राज़ी हो जाती थीं। न वे बेवफ़ाई का रोना रोतीं, न मैं, सब आपसी रज़ामन्दी से होता था।"

"यह सब मुझे क्यों बता रहे हैं।" सुरभि को अजीब-सा लगा था।

"बैठिए...कहाँ जा रही हैं? आप शब्दों की मालिक हैं, पत्रकार हैं, आपको एवुल्यूशन की प्रक्रिया को इन्सानी नज़र से देखना चाहिए। जिस तरह पौधा बढ़ता है धीरे-धीरे करके फिर वह फल, फूल, छाँव देता है और अपने वजूद को जलाने, बनाने में वह दूसरों के काम आ सके। उसके लिए वह सदा तैयार रहता है, मगर अंकुर फोड़ते ही नहीं होता है। तब तक धीरे-धीरे उसी तरह हम और आप हैं। हमारी ग्रोथ कई मरहलों से गुज़रती है। आज इस व्यवस्था में हम हाथ में हाथ डाल कर नहीं चल सकते हैं। चाहे बहन-भाई ही क्यों न हो। हम उस सारे दबाव के बाद अपनी राह निकाल लेते हैं। क्योंकि शब्द बहना जानते हैं। रुकावटों को तोड़ कर वे अपनी धारा की राह निकाल लेते हैं। हमारी सोच वाले अपने जीवन काल को एक साथ दो पाटों के बीच पीस रहे हैं। तब हमारे शब्द भी लिबास़ बदल लेते हैं। क़लम का काम संघर्ष करना है।"

सपना टूट जाता है।

"उठो सुरभि, बिना खाना खाये सो गयी...उठो शाबाश!"

सुनन्दा ऑन्टी ने उसे जगाते हुए कहा। नींद के खुमार में चकराई-सी सुरभि उठ तो गयी मगर आँखें खुलने के बाद बन्द हुई जा रही थीं।

"ऑन्टी मुझे सोने दें...पेट भरा है।" सुरभि इतना कह कर सो गयी। मगर नींद का गाढ़ापन उसे हल्का होता महसूस हुआ। अचानक उसकी नींद उचट गयी। दिमाग़ कई तरह के सवालों में उलझ गया। 1980 से 1990 तक ईरान ने कितना सहा था, जब अमेरिकन एम्बेसी पर ईरानियों ने क़ब्ज़ा कर लिया। उसके बाद अमेरिका ने होस्टेस के रिलीज होने के बाद ईरान पर हर तरह का सेकशंस लगाना शुरू कर दिया था, मगर ईरान किसी तरह अमेरिका के सामने झुका नहीं। इस तरह सर बुलन्द रखने में ईरानियों ने कितना सहा है। हर कोण से इसका अन्दाज़ा लगाना बाहर के देशों के लिए बड़ा मुश्किल है और ऐसे समय में सायरस न लिखने के क़ाबिल है और न लेखन द्वारा प्रेरणा देने के, पूरी कौम किस दर्द और बेचैनी से गुज़र रही है। ऐसे वक़्त में मुझे अपने व्यक्तिगत दुखों तक सीमित नहीं होना है। हम दोनों के सरोहकार बड़े हैं, सोच का दायरा विकसित है, मुहब्बत करना हम जानते हैं। बस इस मुहब्बत का केन्द्र बिन्दु मुझे सायरस तक सीमित न करके उसे सम्पूर्ण मानवीय समाज में पेवस्त कर देना चाहिए। इस तरह के विचारों के आते वह उठ खड़ी हुई। मुँह पर छींटें डाल वह कमरे के बाहर निकली और सबके साथ खाने की मेज़ पर बैठ गयी। खाना लगभग सब ने ख़त्म कर लिया था। उसे अचानक देख सब एक साथ बोल उठे–

"आओ...आओ।"

"तुम्हारी ऑन्टी और भाभी तो पूरा बाज़ार ख़रीद लायी हैं।

"देखती हूँ।" कह कर सुरभि ने सोफ़े और क़ालीन पर बिखरा सामान देखना शुरू कर दिया, "ये छोटे बच्चों के कपड़े?"

"मेरा दिल बस अब लन्दन जाना चाह रहा है।"

"मगर ऑन्टी। अभी तो पूरे नौ महीने बाक़ी हैं?" सुरभि ने हैरत से कहा।

"अरे, तुम्हारे अंकल का कुछ ठीक नहीं है इनको छुट्टी कब मिलेगी या कब नहीं, अचानक जाना भी हो सकता है। अचानक कैंसिल भी।''

"यह सच है जाने सियासत कब कौन-सा पैतरा बदले।"

"अच्छा माँ, मैं किसी काम से मशहद जा रही हूँ।"

"तो ऐसा करते हैं सुरभि, तुम मशहद की तरफ़ निकलो, कल जुमे की छुट्टी हैं! मैं भाभी को इस्फहान घुमाने ले जाता हूँ फिर मशहद आते हैं।"

''ठीक है अंकल! इस्फाहान तो देखना माँ के लिए ज़रूरी है। बहुत सुन्दर हैं। डेढ़ घण्टे की उड़ान है मेरी मशहद तक की और आपकी सवा घण्टे की उड़ान है इस्फाहान तक की। आपको पूरा दिन मिलेगा घूमने के लिए।"

"लेट नाइट उड़ान लेंगे इस्फाहन से मशहद की और सुबह की उड़ान से मैं तेहरान लौट आऊँगा। ये दोनों मशहद घूमेंगी।" विजय कुमार ने कहा।

"ठीक हैं।" सुनन्दा ने कहा।

इसके बाद सब मेज़ समेटने में लग गये। माँ के ज़हन में सायरस को लेकर सवाल उभरा कि कब मिलना-मिलाना होगा, मगर वह सोचकर चुप रही कि सब भगवान पर छोड़ो।

सुरभि की तेहरान से मशहद तक की यह पहली हवाई यात्रा थी। अभी तक उसने ट्रेन और प्लेन में सफ़र किया था। ज़मीन और आसमानों से देखे दृश्यों में कितना फ़र्क़ था। नीला आसमान और सफ़ेद बादलों के गुच्छों की बीच से जब उड़ान ने ऊँचाई पकड़ी तब उसने अपनी आँखें बन्द कर लीं। पपोटे जल रहे थे दिमाग़ भी भिन्ना रहा था कि इस उलझी डोर को कैसे सुलझाया जाये। फिज़िकली सायरस से आख़री मुलाक़ात बहुत दिल दुखाने वाली थी। जिसने उसे निराशा के कुएँ में गिरा दिया था, जो उम्मीद फ़ोन पर बात करने से जागी थी वह बुझ चुकी थी इसलिए वह

बिना किसी आशा के यह यात्रा कर रही थी। उसे सायरस के अलावा भी उसके सम्बन्ध उसके परिवार से मधुर और सहज रहे हैं। ख़ास कर सायरस की माँ का व्यवहार हमेशा प्यार भरा रहा। उन्हें बहुत ज़्यादा बात करने या हँसते-बोलते उसने नहीं देखा था।

हल्की नींद के ख़ुमार से जब सुरभि जागी तब उड़ान मशहद पहुँचने वाली थी। उसने खिड़की से नीचे देखा। पेड़ों की सघनता के बीच घरों, इमारतों और सड़कों का जाल-सा बिछा था। पर्स से मोबाइल निकाल उसने सायरस के घर और मरियम ख़ानम के नये घर का पता पढ़ा। वह पुराना वाला दो मंज़िला मकान बिक चुका है और अब सब फ़्लैट वाले हो चुके हैं। मॉडर्न लिविंग।

मैदान-ए-शाह में दोपहर के खाने पर एकाएक सुरभि की माँ ने सीधे विजय कुमार से पूछा, "भाई साहब। पता नहीं मुझे ऐसा क्यों लग रहा है कि आप और सुरभि मुझसे कुछ छिपा रहे हैं। मैं यहाँ आयी तो किसी और काम से मगर...सायरस की तबीयत तो ठीक है या फिर...? मुझे सुरभि की आँखों में गहरे दुख की परछाइयाँ नज़र आयीं। ऐसा प्रतीत होता है कि...?

"भाभी। मैंने आप से कुछ छिपाया नहीं है। अब सुरभि पर है। सायरस बीमार है।"

"मैंने तो चिन्ता करना छोड़ दिया है जो सामने आयेगा उसे नियति समझ कर कुबूल कर लूँगी।"

"निराश होने की ज़रूरत नहीं है आगे सब ठीक होगा।" सुनन्दा ने कहा। खाना ख़त्म हो चुका था। बिल अदा कर तीनों रेस्टराँ से बाहर निकले।

सुरभि मशहद हवाई अड्डे पर उतर दो दिल हो गयी।

वह मशहद क्यों आयी है?

सब कुछ तो साफ़ है फिर वह और क्या जानना चाहती है?

अहसास, खोजी पत्रकारिता नहीं है।

मुझे अब वापस जाना चाहिए। उस शाम मेरे भाग्य का फ़ैसला हो गया था फिर...?

घबरायी, चकरायी, अपने में खोयी-सी सुरभि इमिग्रेशन से निकलती भीड़ के बीच चलते-चलते अचानक ठिठक-सी गयी। पैर मनों भारी लगे और दिल व दिमाग़ सुन पड़ गये जैसे सोचने-समझने की सलाहियत जाती रही हो।

कुछ पल इसी स्थिति में गुज़र गये।

सुरभि को कानों में सरसराहट-सी महसूस हुई–जैसे सायरस कह रहा हो, "सुरभि जानम! न तरस, तू हिन्द हस्ती व मन ईरान! मां हीच वक़्त जुदा न मीशीम बावर कुन।"

सुरभि के लब हिले, "सुरभि, मेरी जान डरो मत! तुम हिन्द हो और मैं ईरान, हम कभी भी एक-दूसरे से जुदा नहीं हो सकते हैं। मेरा यकीन करो।"

सायरस की सरगोशी को दोहराते हुए सुरभि ने पलट कर निकास-द्वार की तरफ़ देखा जैसे शताब्दियों पहले गुज़रे अतीत की पगडण्डियाँ उसे कोहरे में लिपटी नज़र आ रही हों, जो धीरे-धीरे फट रही थी।

सुरभि के डूबे दिल ने धड़कना शुरू कर दिया। उसने फ़ोन निकाला और इस्फ़ाहन की फ़्लाइट बुक करायी और अंकल को फ़ोन किया कि वह इस्फ़ाहन आ रही है।

"कोई ख़ास बात?" विजय कुमार ने चिन्ता से पूछा।

"नहीं! जो मेरा है, उसे अब क्या पाना!"

"ठीक है।"

जब वह इस्फ़ाहन की उड़ान पर बैठी, तब उसके कन्धे हल्के थे और दिल कह रहा था कि वह सब कुछ भूल ही गया, तो उसके साथ रहना या न रहना सब कुछ बराबर है। दिमाग़ धीरे-धीरे मरेगा और मुझे सब्र धीरे-धीरे आयेगा। बेहतर है कि मैं पहले और दूसरे सायरस से पहले की तरह बातें करती रहूँ, उस वक़्त तक, जब तक हमारी साँसें बाक़ी हैं।

❑❑❑